新潮文庫

別れの季節

―お鳥見女房―

諸田玲子著

新潮社版

11610

別れの季節　お鳥見女房　目次

おもな登場人物

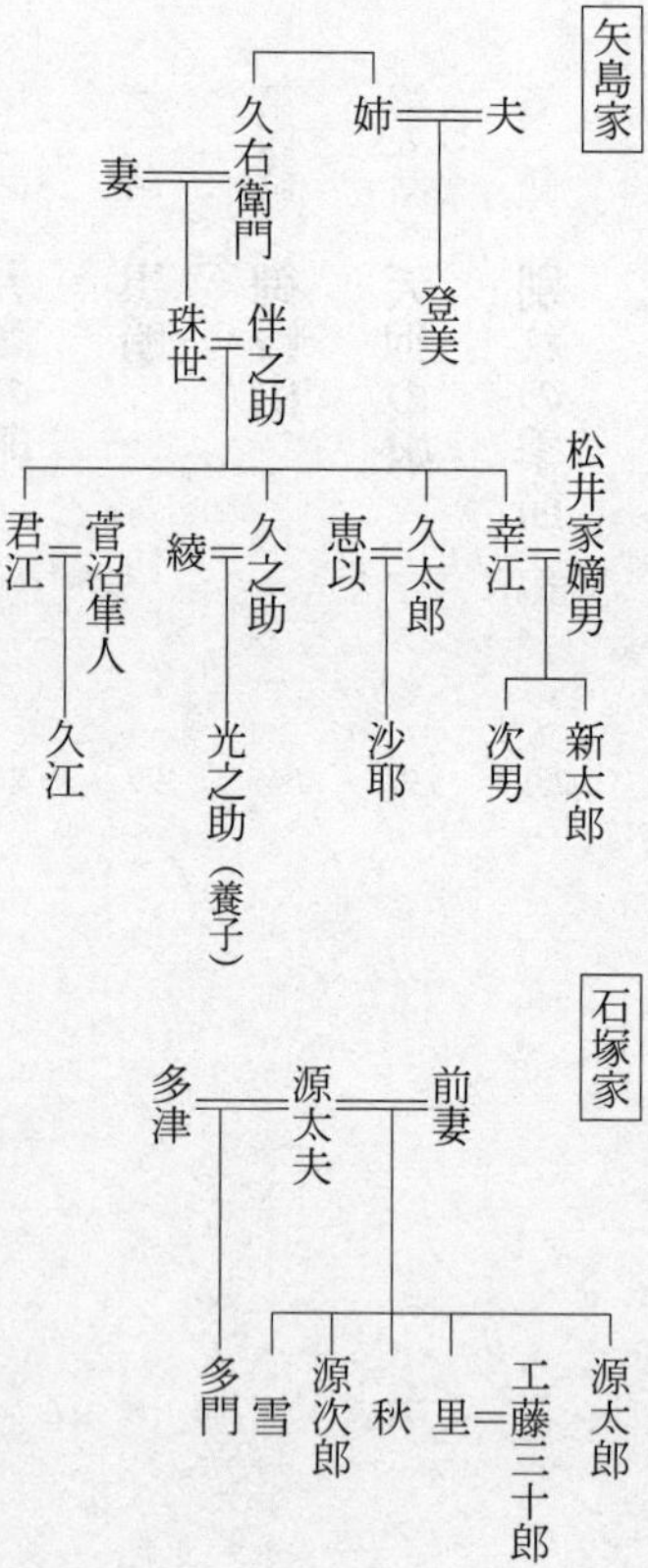
矢島家
夫
姉
久右衛門
妻
登美
伴之助
珠世
松井家嫡男
幸江
久太郎
恵以
久之助
綾
菅沼隼人
君江
新太郎
次男
沙耶
光之助（養子）
久江
石塚家
前妻
源太夫
多津
源太郎
工藤三十郎
里
秋
源次郎
雪
多門

別れの季節

——お鳥見女房——

第一話　嘉《か》永《えい》六年の大雪

一

　新春の陽射《ひざ》しが降りそそいでいる。鬼子母神《きしもじん》の社《やしろ》の森の欅《けやき》や樟《くすのき》の梢《こずえ》にも、清土村《きよとむら》の田畑とその中をうねる畦道《あぜみち》にも、川底の小石まで数えられるほど澄みきった弦巻川《つるまきがわ》の水面にも、そろそろ建て替え時がきた矢島《やじま》家の板塀や、歳月を経た今も沓脱《くつぬ》ぎ石の上におかれたままになっている亡《な》き久右衛門《きゅうえもん》の下駄《げた》にも——そして、珠世《たまよ》にも。

「おやまぁ、こんなところに」

　珠世は身をかがめて、下駄の欠けた歯のかたわらから追羽根の羽根を拾い上げた。

「お亡父《とう》さま。今年もにぎやかなお正月でしたよ」

　両の頬にえくぼを浮かべる。

　羽根は小さな羽子板といっしょに珠世が孫娘の沙耶《さや》に買ってやったもので、沙耶は羽根つきの真似事《まねごと》をしてはきゃらきゃらと笑い声を立てていた。

「お姑《かあ》さま。義姉《ねえ》さまがお味をみてくださいって」

台所から茶の間へ出てきた綾《あや》は、「あら」と珠世の手元に目をやった。

「庭に落ちていたのですね。わたくしがとどけて参ります」

「いいえ、もうもどってくるころでしょう。それより仕度を終えてしまわないと」

「はい。ではわたくしは多津《たづ》さまと欠餅《かきもち》をつくります」

欠餅は鏡開きで割った鏡餅を焼いたり揚げたりした菓子のことだ。

「欠餅といえば……昔は久太郎《きゅうたろう》と久之助《きゅうのすけ》が先を争うて食べたものでした」

「そのうちに多門《たもん》どのと光之助《こうのすけ》が取り合いをするようになりますね」

「そうなったら綾どの、光之助どのに勝ち目はありませんよ。なんといってもほら、多門どのは源太夫《げんだゆう》さまのお子ですもの」

多津の夫、大食いの石塚源太夫の顔をおもい、二人は声を合わせて笑った。

石塚家は、親戚《しんせき》ではないものの身内同然、多津と多門もこうした場には欠かせない。珠世の長男久太郎の妻の恵以《えい》とその娘の沙耶はもちろん、この日は次男久之助の妻の綾と息子の光之助、菅沼《すがぬま》家へ嫁いだ次女の君江《きみえ》と娘の久江《ひさえ》、それに石塚家からは多津や多門の他、秋《あき》や雪《ゆき》も矢島家を訪れていた。

秋と雪は、源太夫の五人の連れ子の次女と三女である。今では多津を母と慕い、多津の産んだ弟の多門を可愛《かわい》がっている。といっても、多門は七歳になるので、姉たちにかまわれるのがわずらわしいのか、兄の源次郎《げんじろう》のあとばかり追いかけているらしい。源次郎が通う剣術道場にも入門したいとせがんでいるとやら。

　正月十五日の小正月は、女正月とも呼ばれている。女たちが互いに労をねぎらいつつ小豆粥《あずきがゆ》を食べるのが習わしだ。恵以、綾、多津は台所でささやかな宴の仕度を、君江と秋、雪の三人は近所の空き地で子供たちと遊んでやっている。

　なんとまぁ、時の経《た》つのの速いことといったら――。

　矢島家に幼な子たちのつどう日が来たことを、珠世は無上の幸せだとおもっていた。なぜなら、こんな日が来るとはおもえぬ時代もあったからだ。御鳥見役《おとりみやく》というお役を継いだがために、夫も息子も命からがらの目にあった。亡父や亡き祖父も壮絶な闘いを強いられたと聞いている。珠世自身、行方知れずの夫や息子の身を案じて、どれほど眠れぬ夜をすごしたか。

　御鳥見役とは、将軍家が鷹狩《たかがり》をする御拳場《おこぶしば》の管理、すなわち勢子《せこ》や犬の数をととのえ、鷹の餌《えさ》などが不足しないように巡邏《じゅんら》するお役である。が、あくまでそれは表向き、中には裏の任務を命じられる者たちもいた。江戸周辺の地形の調査と、お役を隠れ蓑《みの》にした他藩の偵察である。珠世の夫の伴之助《ばんのすけ》は沼津へおもむいた。久太郎は相模《さがみ》へ、久右衛門は甲州へ。伴之助が昨年、早々と息子に家督をゆずって隠居してしまったのは、沼津での不測の出来事が心の傷となっていることも理由のひとつであったようだ。もっとも、いったんは退《ひ》きながらも、豊富な経験と知識、実直な人柄は余人をもって代えがたいものとみえて、いまだに御用屋敷へ呼びだされ、後輩の指導にあたっている。

「恵以どの。お味なら、わたくしに訊《き》く必要はありませんよ。矢島家の家刀自《いえとじ》は恵以どのなのですから」

黒衿《くろえり》をかけた路考茶《ろこうちゃ》の縞木綿《しまもめん》に黒繻子《くろじゅす》の帯をきりりとしめて、たすき掛けで台所に立つ恵以の若奥さまぶりに目を細めながら、珠世はそれでも恵以のさしだした猪口《ちょこ》を口元へもっていった。

「よいお味だこと」

「よかった。ようやくお姑さまのお味が出せるようになりました」

恵以は鷹匠《たかじょう》の娘だ。鷹にしかなじめず「鷹姫さま」と呼ばれていた勝気な娘が、今では矢島家の当主の妻として、御鳥見役の女房として、珠世のあとを継いで立派に家を切り盛りしている。

「あのうるさがたの登美《とみ》さまも褒めておられましたよ。珠世どのより嫁御のほうが漬物は上手、茄子《なす》の煮びたしも大根の煮物も絶品だと……」

「登美さまはわたくしの機嫌をとっておられるのです。お姑さまとちがって、わたくしは登美さまにも遠慮をしませんし」

「頼りにしておられるのですよ。万事、恵以どのに従うていれば安心だと」

「わたくしを鷹の生まれ変わりとでもおもうておられるのではありませんか。怒らせたら怖い、つつかれたら大変……と」

「そういえば、うたた寝をしている登美さまは鶴《つる》に似ていますね」

鷹狩のいちばんの獲物は鶴、珠世はころころと笑う。

登美は珠世の従姉《いとこ》で、矢島家の居候《いそうろう》である。居候はもう一人いて、恵以の実家の家臣だった松井次左衛門《じざえもん》もいまだ納戸《なんど》で寝起きをしていた。仕官の口が見つからないので、近くの清土村の子供たちに読み書きを教えている。人の好《よ》い次左衛門は口の悪い登美にしょっちゅうやりこめられながらも、今日も墓参の供をして出かけているから、あれで案外ウマが合うのだろう。

矢島家は、江戸城の西北、江戸府中のはずれの雑司《ぞうし》ケ谷《や》にある。御鳥見役の組屋敷の中の一軒で、組屋敷の前は下《した》雑司ケ谷につづく道、道をはさんで北隣の清土村の田畑の中の畦道をたどれば鬼子母神の社の森へ出られる。御鷹部屋御用屋敷は鬼子母神を越えた先にあった。

矢島家では目下、若き当主の久太郎と恵以の夫婦、三歳になったばかりの沙耶、隠居した伴之助と珠世夫婦、それに居候の登美と次左衛門の七人が暮らしている。組屋敷の役宅は百坪ほどで広いとはいえないが、かつては源太夫一家七人が居候していたこともあるくらいだから、だれも窮屈だとは感じていない。とりわけ珠世は、来る者を拒まず、頼ってきた者ならだれでも受け入れて親身に世話をしてやるのが信条なので、矢島家には居候がいないことのほうがめずらしかった。

小豆粥がくつくつ音をたてている。欠餅が香ばしく焼きあがったころ、子供たちを引きつれて君江、秋、雪の三人が帰ってきた。二人目を懐妊中の君江はそろそろお腹《なか》が目立ちはじめたところで、ひとときもじっとしていない幼子たちの相手役をつとめたのは秋と雪、二人は神経をすりへらしたような顔である。

「多門のせいです。みんなをけしかけるから」

多門のまねをして、幼子たちも棒きれをふりまわして遊んでいたという。

「いえ、久江ちゃんはお母さまのおそばでおとなしくしていたのですよ」

「沙耶ちゃんと光之助がはしゃぎまわって」

「ほら、小母《おば》さま、光之助どのは転んでひざをすりむいたのです」

「それなのに、足下のおぼつかない沙耶ちゃんがいちばんのお転婆《てんば》で……」

茶の間はにわかに活気づいた。

なにはともあれ、小豆粥である。女たちは四方山《よもやま》話に興じながら、子供たちに小豆粥を食べさせる。

空が曇ってきたのは四半刻《しはんとき》ほどしたころだった。

「おや、陽射しが陰ってきました。さっきまであんなに晴れていたのに」

珠世の言葉で、女たちは庭へ目をむける。

「あらあら、風も出てきたようですよ」

「降ってくるかもしれません。早めにおいとましたほうがよさそうですね」

子連れで雨や雪の中を帰るのは難儀である。君江母子と綾母子、石塚家の面々はあわただしく帰り仕度をはじめた。

「これは久之助や隼人《はやと》どのに、もちろん石塚家の分もたくさんご用意しましたよ」

幼い子供たちは硬い欠餅を食べられない。欠餅ははじめから土産用である。

「こんなにいただいては、こちらの分が無《の》うなってしまいますよ」

「旦那《だんな》さまも次左衛門さまもお歳《とし》ですからね。そうそうは召しあがりません」

「でも兄さまが……」

「久太郎なら、明朝、八王子へ出かけることになっています。近々大鷹狩があるので、将軍家のお鷹さまを運んでおくよう、御鷹匠からお供を頼まれたのだそうですよ」

八王子にも御鷹部屋がある。近隣の御巣鷹山《おすたかやま》では捕獲された鷹を訓練していた。大鷹狩にはこれ以外にも将軍家お気に入りの鷹が加わるため、ひと足先に馴《な》らしておくことになったそうだ。

「八王子……明日のお天気はどうかしら」

「母さま。降ったらとりやめになるのですか」

「よほどの悪天候でなければ出かけるでしょう。たいした道のりではありませんから」

八王子までは十里の余。久太郎はこれまで何度も行き来をしている。

天候を案じながらも、皆は帰っていった。石塚家の一行は、組屋敷の前の道を行き、近道の幽霊坂を下れば自宅のある稲垣家の下屋敷へ出る。妊婦でもあり幼い娘をつれている君江は、大御番組《おおごばんぐみ》与力の妻の綾が待たせていた駕籠《かご》に乗せてもらうことになった。どちらも心配はなさそうだ。

「今年のお正月も無事に終わりましたね」

「ええ。皆、それぞれに母さまらしゅうなって……明るい顔を見て安心しました」

「それはお姑さまがいてくださるからです。いつなんどきでもお姑さまが笑顔で迎えてくださる、そうおもえばだれだって元気になりますよ」

「うれしいこと。では、今年もせいぜい笑顔ですごすことにしましょう」

珠世と恵以は門前で一同を見送り、そんな話をしながら家の中へもどった。その間にも雲が流れ、寒風が古ぼけた板塀をカタカタとゆらしている。目まぐるしく表裏を変える木の葉は、どこか人の禍福《かふく》にも似ているようで……。

夕方、登美と次左衛門が帰宅した。

「おお寒……冷えこんできましたよ」

夜半になって伴之助と久太郎も帰ってきた。

「新春だというに、今夜はいちばんの冷えこみだぞ」

「空模様が怪しゅうなってきました」

不穏な気配の中で、嘉永《かえい》六年の小正月は幕を閉じた。

二

翌朝は大雪だった。早くもうっすらと積もりはじめている。それでも久太郎は、そうそう降りつづきはすまい、そのうちに止《や》むだろうと楽観していた。

いずれにしろ御鷹匠から中止の報《しら》せがない以上、出かけるしかない。

足ごしらえにはとりわけ念を入れて、木綿の足袋の上から水が入らぬよう革の足袋を重ね、藁沓《わらぐつ》を履いた。袷《あわせ》に裁付袴《たつつけばかま》、手甲脚絆《てっこうきゃはん》に蓑と笠《かさ》といういでたちである。

下雑司ケ谷の大通りへ出たところで、相棒の石川幸三郎《こうざぶろう》と落ち合った。

「なぁに、近場だ。多少積もったとて支障はなかろう」

「夕刻には御用屋敷へ入れますね」

「いざとなれば旅籠《はたご》もある。心配はいらんさ」

八王子宿は、内藤新宿から高井土、五ケ宿、府中、日野と甲州街道を西へ行った先にある。この雪では往来もまばらだろうが、といって山へ分け入るわけではなし、何度も通った道なので迷う心配もない。

二人は内藤新宿で御鷹匠一行と合流した。御鷹匠の佐々木与左衛門《よざえもん》――佐々木は駕籠である――と家臣の中山惣五郎《そうごろう》、それに二人の陸尺《ろくしゃく》に天秤棒《てんびんぼう》で担《かつ》がれた籠《かご》の中の鷹という面々である。久太郎と幸三郎も加わり、降雪の中、八人と一羽は八王子へ出立《しゅったつ》した。

「それにしてもよう降るのう」

「この先はかなり積もっているやもしれません」

雪が止んでコチコチに凍りついた道に比べれば、まだしも歩きやすいが……。とはいえ積雪が増すにつれて足がずぶりとはまるようになると、一歩ふみだすごとに大きく蹴《け》りたてなければならない。歩みはどうしても遅くなる。

「お鷹さまは大事ないか」

佐々木は駕籠にゆられながらも何度となく訊いてきた。骨ばった体つきの色浅黒い初老の鷹匠は、どことなく鷹に似ている。幸三郎や久太郎はそのたびに鷹の籠へ駆けより、雪除《ゆきよ》けの覆《おお》いをめくりあげて鷹の安否を確認した。

鷹は止まり木の上でじっとしたまま、久太郎に傲然《ごうぜん》としたまなざしを返してきた。雪道の強行軍を冷笑しているようにも見える。

いよいよ進行がとどこおったのは、府中宿をすぎて小半刻も歩いたあたりだった。

「これ以上は無理です。どこかで雪が止むのを待つしかありません」

難渋している陸尺を見るに見かねて、久太郎は中山に声をかけた。出立時から薄暗かった空は早くも暮れかけている。

「ここはどのあたりだ？」

中山は陸尺たちに訊《たず》ねた。大雪で視界が奪われ、景色も様変わりしている。

「日野宿の手前の、下谷保《しもやほ》か上谷保じゃござんせんかね」

「休むったって、このあたりはなにもないとこでサ」

「口はばったいようですがね旦那方、だからあっしらは府中宿で留まるべきだと申し上げたんでございますよ」

府中宿は、大雪の用心か、戸を立て切った家ばかりだった。なんとか旅籠を見つけたとしても、雪に閉ざされてしまっては身動きがとれなくなる。となれば将軍家のお鷹さまはどうなるのか。籠に閉じこめられたまま生き餌《いえ》を与えられない鷹が衰弱してしまうのではないかと佐々木は案じ、さらなる強行軍を命じたのだった。

御鷹匠にとって、将軍家の鷹は己の命にも勝る。

「つべこべ申すな。ここまで来てしまったものはいたしかたなかろう」

中山は陸尺たちを叱《しか》った。

府中宿から日野宿までは二里八丁、ここが上谷保とすればあとは一里もない。ただし、まだ難関が待ちかまえていた。日野宿の手前には玉川が流れている。この悪天候では渡し舟が出るかどうか。

「どのみち川は渡れぬ。ここは、急がばまわれにござる」

幸三郎も進言した。陸尺たちはもう歩みを止めて、凍えないよう足踏みをしている。

佐々木はようやく観念した。しぶしぶながら避難に同意したので、皆は手分けをして――といってもまさに歌舞伎《かぶき》のだんまりよろしく手探りのおぼつかない足取りで――旅籠を探した。旅籠どころか人家も見えない。人っ子一人通らないのは、どこかで道が寸断されてしまったのか。

「参ったのう。これでは凍え死ぬだけだ。よし、拙者はあっちを見て参る」

雪除けをつけた手燭《てしょく》をかかげてその場を離れた幸三郎が、「おーい、あったぞーッ」と灯りをまわしながら帰ってきた。

「この先に家がある。農家のようだが、雪が止むまで休ませてもらおうではないか」

皆が「おう」と声をあげた。土間か居間にあげてもらえればなんとかしのげる。こちらは御鷹匠の一行だから、農家の住人もむげには断れないはずである。

雪は今や視界を真っ白に塗りつぶすほどの激しさだった。疲労困憊《こんぱい》した一行は亀《かめ》の歩みのごとく、団子のように固まって、幸三郎の先導で見知らぬ農家へむかう。

たしかに、家はあった。灯りがもれている。近づくと人声も聞こえた。しかも、がやがやとざわめいている。他にも大雪で立ち往生した旅人たちがころがりこんでいるのかもしれない。

中山が戸を叩《たた》いた。

すると、中の物音がぴたりと止んだ。

「頼もう。雪道で往生しておる。入れてくれ」

返事はない。

今度は久太郎が戸を叩いた。

「怪しい者ではない。われらは幕府直轄《ちょっかつ》、御鷹匠の一行で、八王子の御用屋敷へ行くところだ。しばらくここで、雪をしのがせてもらいたい」

突然、内側からがらりと戸が開いた。

久太郎も中山も、一歩うしろにいた幸三郎や陸尺たちも息を呑《の》む。

だだっ広い土間に莚《むしろ》が敷かれ、その上にもまわりにも、多数の男たちがあぐらをかいていた。大半は煮しめたような布子《ぬのこ》やつぎはぎだらけの股引《ももひき》といった粗末ないでたちで、髪は伸び放題、無精ひげを生やした目つきの悪い男たちである。莚の上には賽子《さいころ》や銅銭がころがっている。

獲物を見るような無数の視線にさらされて、一行は退散するきっかけを失った。茫《ぼう》然《ぜん》と立ちすくむばかりだ。

と、引き戸を開けた小柄な男が、くちびるをゆがめて大仰に両手をひろげた。

「これはこれは……へへへ、ようこそお訪ねくださいやした。おい、てめえら、なにぼさぼさしてやがる。さ、お武家さまがたをお迎えしねえか」

三

十六日の朝から降りはじめた雪は、十八日の夕刻になってようやく止んだ。三日間も大雪が降りつづくのは江戸では近年、記憶にないことで、大人の膝《ひざ》のあたりまで積もった雪に難儀しつつも、ものめずらしい雪景色をだれもが高揚した顔で眺めている。

珠世は、久太郎の身を案じていた。

八王子界隈《かいわい》の積雪は江戸市中の比ではないと聞く。甲州街道もところどころ通行ができなくなっているらしい。もちろん報せもとどかないから、無事に着いたかどうか知るすべはない。

「とうに御用屋敷へ入って、石川さまと大鷹狩の仕度に励んでおりますよ。大雪に押しつぶされた鳥の巣もたくさんあったでしょうし、しばらく手いっぱいなのではありませんか」

胸のうちでどんなに案じていても、恵以の前ではそんな素振りを見せられなかった。恵以は恵以で不安に押しつぶされそうになっていることがわかっていたからだ。

伴之助は次左衛門と共に早朝から雪かきをした。それから御用屋敷へ出かけてゆく。

「なにか報せはありませんでしたか」

帰宅するのを待って、珠世はたずねた。が、八王子の御用屋敷とはいまだ連絡がとれないという。

「相模の御用をおもえば、お鷹さまをお運びするだけのお役目だ。石川幸三郎や佐々木さまもご同道しておられることだし……案ずるな」

「さようですね。取り越し苦労はやめましょう」

それでも、胸騒ぎは消えない。

珠世はほぼ毎日、家事の合間をぬって、鬼子母神の境内にある祠《ほこら》へお参りにゆくことにしていた。伴之助が行方知れずになったときからの習慣だ。大杉のかたわらにある小さな祠は幾重にもつらなる赤い鳥居の奥にあった。柏手《かしわで》を打ち、ふたたび鳥居をくぐって出てくるときは、生まれ変わったように心身が軽やかになっている。

雪が止んでも積雪で道がぬかるんだり凍ったりしているために、ここ数日、お参りをしていなかった。今日こそ久太郎の無事を祈ろうと、珠世はおもいたった。恵以や登美には内緒で家を出る。

この日は晴天だった。下雑司ケ谷の大通りへつづく道の端には、雪が小山のように積み上げられている。清土村の人々が総出で雪かきをしたおかげだ。一方、冬枯れの田畑や弦巻川の土手はすっぽりと雪におおわれ、冬の陽をあびて白銀のようにきらめいていた。

「珠世どのーッ。お待ちあれ」

幽霊坂の手前まできたとき、松井次左衛門の声が聞こえた。次左衛門が手をふりながら追いかけてくる。と、残雪に足をとられたか、つるんとすべって尻餅《しりもち》をついた。

「まぁ大変、お怪我《けが》はありませんか」

駆け寄って手をさしのべると、次左衛門は照れ笑いをしながら身を起こした。

「面目ござらぬ。護衛をいたすつもりが、この、ていたらく」

恵以に頼まれて、珠世のあとを追ってきたという。

「こっそり出てきたつもりが……恵以どのは気づいていたのですね」

「残雪で転びでもしたら一大事と……あ、いや、失態は拙者にござった……鷹姫さまはご自分の分もお参りしてきてほしいとの仰《おお》せにて……」

次左衛門はかつての主君の娘を、いまだに昔の綽名《あだな》で呼ぶことがある。

珠世は、次左衛門の言葉の端々《はしばし》から、恵以の気づかいを感じとった。

「恵以どのは芯《しん》のある、それでいて、心やさしい嫁です。久太郎はよき伴侶《はんりょ》を見つけました。もっとも、そうはおもえぬころもありましたが……」

「さよう。おう、あのあたりにござったか、お二人がはじめて出会うたのは……」

次左衛門が田畑を指さしたので、珠世も目をむける。

「あそこで鷹の訓練をしていたときでしたね。わたくしに叱られて腹をたてて……」

「ははは、それが今では嫁姑《よめしゅうとめ》」

「ほほほ、人と人との出会いは合縁奇縁《あいえんきえん》、奇《く》しき縁ということですね」

二人は話しながら鬼子母神へむかう。積雪で畦道がつかえないので、遠まわりには
なるが、いったん大通りへ出て参道から境内へ入ることにした。

ところが大通りに出る手前で、珠世は駆けてくる若者とばったり出会った。

「源次郎どのッ」

「ちょうどよかった。今、小母さまを呼びにゆくところでした」

源次郎は息をはずませている。

「小母さまの助けがいるのです」

「わたくしの、助け……」

多津か秋、それとも雪になにかあったのかとおもったが、そうではなかった。

「石川幸三郎さまがおいでになられました」

珠世はあッと声をもらした。幸三郎は久太郎と八王子へ出かけたはずだ。大雪の中、

無事たどりついたかどうか、今の今まで案じていたのだ。それが、なぜ、石塚家にいるのか。久太郎の身になにかあって、報せにきたのかもしれない。

「なにゆえ、石川さまが石塚家に……どういうことですか」

たずねた声が裏返っている。

「久太郎どのはご無事かッ」

次左衛門も源次郎の肩をつかんでいた。

「はい。いえ、それはまだ……」

「なにがあったのですか。わたくしの助けとは？」

「事は急を要します。歩きながら話しましょう」

源次郎は二人をうながして、やって来た方角、石塚家のある稲垣家の下屋敷へむかって速足で歩きだした。

「石川さまはびっくりするような格好《かっこう》で……門番にも訝《いぶか》られたようですが……とにかく雪道を強行走破してきたそうです」

いでたちもさることながら手足が凍傷に罹《かか》っていて、空腹と疲労困憊のあまり石塚家にたどり着くなり倒れこんでしまったという。

「石川さまは手前に会いにいらしたのです」

「源次郎どのに？」

石塚源太夫は稲垣家の家臣で、嫡男《ちゃくなん》の源太郎《げんたろう》も今はお役に就いている。だが次男の源次郎はまだ十九の若者で部屋住み、御鳥見役というれっきとした直参《じきさん》の幸三郎に貸すような力は持ち合わせていないはずである。だいいち、幸三郎と源次郎は、久太郎や源太夫をとおして顔を知っている、という程度の知り合いだった。

「実は、手前が市ヶ谷の試衛館《しえいかん》に通っていると聞いていたそうで……」

久太郎や久之助は関口駒井町《こまいちょう》の栗橋《くりはし》道場に通っていた。久之助は筋がよく、大御番組与力の家へ婿養子《むこようし》に入るまでは高弟の一人として活躍した。その縁で、源次郎も栗橋道場で剣の腕を磨いていたのである。

ところが道場主の栗橋定四郎《じょうしろう》は、高齢を理由に道場を門人にゆずってしまった。源次郎は試衛館へ通うようになり、流派こそちがえ、今ではめきめきと腕を上げている。といってもむろん、百人ほどもいる弟子の中の一人にすぎない。

「石川さまは、道場主の近藤先生に急用がおありだそうで、手前に取り次いでほしいと仰せなのです」

それがどうして珠世の出番になったかというと、幸三郎がすぐには動けないほど高熱を発していたためだ。源太夫は稲垣家の家臣で勝手な行動はとれない。だったら珠世に頼むのがよいと、源太夫が勧めた。

試衛館の近藤周助《しゅうすけ》といえば天然理心流の剣豪で、多数の弟子を持つ道場主である。超多忙の上に偏屈で頑固との噂《うわさ》もあり、初対面のだれかがいきなり頼み事――それも急を要する上に真意の判明しない頼み――をしても、はい、わかりましたと即刻、引き受けてくれるとはおもえない。まずは近藤の心をつかむこと、となれば――。

――珠世どの以外には考えられぬ。

確信に満ちたひと言に、居合わせた皆がうなずいたという。

珠世は面食らった。

「わたくしが、源次郎どのの手引きで近藤先生にお会いして、なにか頼み事をする、ということですか」

「さようです。詳しい話は石川さまからお聞きください」

三人は稲垣家の下屋敷の通用門の前に来ていた。

「源次郎どの。今一度たずねます。久太郎は無事なのですね」

「別れたときは無事だった、ということしかいえぬそうですが、近藤先生がお力をお貸しくだされば、皆さま、無事におもどりになるはずです」

「わかりました」と、珠世はうなずいた。「息子たちを救い出すためとあれば、どんなことでもいたしましょう」

　石川幸三郎は見るも痛々しい姿だった。珠世を見てやおら身を起こそうとしたが、あまりに苦しそうなので珠世は無理に寝かせ、枕辺《まくらべ》に座って話を聞くことにする。

「大雪で寸断された道を踏破されたとうかがいました」

「拙者のことはどうでもよいのです。久太郎どののお母上が、わが子のためにひと肌脱いでくだされば、近藤先生も快《こころよ》う手を貸す気になられるのではないかと……」

「では、なにがあったか、どうすればよいのか、お教えください」

　幸三郎は珠世に、大雪の道中でみまわれた災難について語った。府中宿と日野宿のあいだで立ち往生してしまい、避難場所を探したこと。ようやく見つけたところが博徒《ばくと》の賭場《とば》の隠れ賭場で、囚《とら》われの身になってしまったことも。

　武蔵国は天領や大名の支配地、旗本の領地などが細かく入り組んでいるので、無法者が逃げ込みやすい。天保《てんぽう》の大飢饉《だいききん》以来、天災がつづき、食い詰めて土地を棄《す》てた者たちが入り込んで悪の温床となっていた。幸三郎たち一行が運悪く足を踏み入れてしまったのも、そんな無宿人の賭場である。

　一行は路銀や刀を奪われ、裏手の小屋に押し込められた。大雪の中で追いはぎに遭い、身ぐるみはがされていたら、凍死していたにちがいない。着の身着のままで、屋根があり多少ながらも藁が保管されていた小屋に閉じ込められたのは不幸中の幸いだった。とはいえ、水しか与えられず、食べ物はない。自分たちの身もさることながら、このままでは将軍家の鷹が死んでしまう。刀を奪われていなければ、佐々木は自責の念にかられて早々と切腹していたかもしれない。

「やつらも大雪で動きがとれない。われらを生かしていたのは、自分たちではどうしたらよいか判断がつかなかったからでしょう。死体が八つ、というのもなかなか厄介なものですし、脇道《わきみち》といっても街道からさほど離れているわけではありません。いつだれに感づかれるか……」

無宿人たちは、雪が止んで、その家の主《あるじ》で賭場の胴元でもある頭領があらわれるのを待つことにした。小耳にはさんだところによると、頭領はまだ二十歳《はたち》をひとつふたつ過ぎた若さだが、腕っぷしが強いだけでなく頭も切れ、無宿人の束《たば》ねの一人であるらしい。名は玉五郎《たまごろう》。

玉五郎は八人と一羽をどうするか。その前に、そろって命を落す懸念《けねん》もあった。

「では久太郎は、助けを呼びに行ったのですね」

「無宿人たちが寝静まるのを待って、ひそかに脱け出すにしても慎重を期さなければなりません。感づかれたらお鷹さまもわれらも無事ではすまない。久太郎どのはひとり脱け出し、御用屋敷に向い、残った者を助け出す最善の方法を見つけるといいおいて出かけました。大雪、しかも闇《やみ》の中、八王子へたどりつけるかどうかは危険な賭《か》けですが、だれかがやらねばなりません」

珠世は血の気が引いてゆくのを感じた。まわりで耳を傾けている者たちも言葉を失っている。けれどももちろん、危険な役目を担《にな》うのは、いちばん若い久太郎が適任だった。久太郎が無事に御用屋敷へたどりついたかどうか、幸三郎は知らない。

「玉五郎とやらは、あらわれたのですか」

「雪が止んだ翌朝、早々に。たいしたやつです。まだだれも身動きすらとれなかったときに悠然と……」

玉五郎は七人を殺さなかった。まず陸尺たちを解き放った。それから残る三人にも自在にせよと寛容なところを見せたが、そのかわり、鷹をとりあげた。そして不可思議な取引きをもちかけたのである。江戸市ヶ谷の試衛館の道場主、近藤周助がここへ来て詫《わ》びれば、鷹は返してやる。さもなくば鷹は斬《き》り捨てる。佐々木は青くなって鷹の命乞《いのちご》いをしたが、玉五郎は近藤をつれて来いの一点張りだった。つまり、その大役を幸三郎が果たすことになったのである。

「詫びるとは……いったいなにを詫びるのですか」

「わかりません。将軍家のお鷹さまを殺《あや》めれば打ち首獄門はまぬがれぬぞ、と警告したのですが、あやつは平然として、望むところだ、命などとうに捨てていると答えました」

近藤は武蔵国、この多摩の小山《おやま》村の生まれだった。名主の五男である。多摩には今も弟子が多数いて、自ら、もしくは高弟が指南におもむき、富豪の家に設けられた道場や寺社の境内などで稽古《けいこ》をつけていた。

「玉五郎もかつては弟子の一人で、江戸へもおもむき熱心に稽古に励んでいたそうです。近藤先生に目をかけられていたころもあったとか……」

そもそも多摩界隈で剣術がさかんになったのは、無宿人が増えて治安が悪化したためだ。自衛のため、武士だけでなく名主や商人の子弟もこぞって剣術を学ぶようになった。その一人だった玉五郎が、今では無宿人を束ねる頭領になっている――。よほどの事情があるのだろうと珠世はおもった。が、今はその話をしているときではない。

「それで、わたくしは近藤先生に、急ぎ多摩へいらして玉五郎に詫び、お鷹さまをとりもどしてくださいとお頼みするのですね」

「この役は、余人にはできません」

自分にはかかわりがないと断られるかもしれない。詫びるようなことはしておらぬと、へそを曲げられるかもしれない。承諾はしてもなにやかやと面倒なことを申しつけてくるかもしれない。佐々木にとっては己《おの》が命にもかえがたい将軍家の鷹でも、近藤にとっては鷹一羽——将軍の命令ならいざしらず——どうでもよいとおもわれてもしかたがなかった。

近藤は、源次郎によれば、一癖も二癖もある男だという。

「事情はわかりました。源次郎どの、参りましょう」

珠世は躊躇《ちゅうちょ》なく腰を上げた。

四

その男、近藤周助は一見、剣豪には見えなかった。煙草盆《たばこぼん》を引き寄せ、背中を丸めて煙管《きせる》の灰を落としている姿は裏店《うらだな》の隠居のようで、市中を歩いていても目を止める者などいそうにない。体つきも中肉中背で、顔は丸く、眼尻が少し下がっていて、六十をふたつみっつすぎた頭には白髪が散見される。だが、上目づかいに珠世を見たまなざしには、胸の奥まで見透かすような鋭さがあった。

「ほほう、御鳥見役の女房どのとな」

口調は柔和だが、なるほど一筋縄ではいきそうにない。外見に似たところはないし、久右衛門
珠世は亡父、久右衛門をおもいだしていた。

のほうが単純明快だったが、近藤も久右衛門に劣らず豪胆で頑固そうだ。

「夫はもうお役を退きましたから、わたくしも御鳥見役の女房ではありません。なれど矢島家は代々同役ですし、体にしみついておるのやもしれませんね」

隠居後の父が庭の雀《すずめ》を見るたびに身構え、それから哀《かな》しい目になったという話をすると、近藤は薄くなった鬢《びん》に手をやった。

「剣術指南も似たようなものにござるよ」

「楽ではありませんね、強くあらねばならない、ということは」

「しかし、弱ければ取って食われる」

「取って食う身も辛《つろ》うございます」

珠世のえくぼを見て、近藤も相好をくずした。

「して頼みとは……」

「将軍家のお鷹さまをとりもどしていただきたいのです」

おもいもよらぬ申し出に、近藤はけげんな顔になる。

「わしに、なにを、せよと？」

珠世は幸三郎から聞いた話を伝えた。

「玉五郎がわしに詫びよと申すか」

「どういう意味か、おわかりでしょうか」

「さぁて、なんのことやらさっぱり……」

近藤は眉《まゆ》をひそめて昔をおもいだそうとしている。

「玉五郎……そう、やつは日野の質屋の倅《せがれ》だ。利発で剣術の稽古に熱心な若者だった。うむ。竹馬の友と相前後して江戸へ出てきて切磋《せっさ》琢磨《たくま》し、見る見る腕を上げて……あの調子でゆけばいっぱしの剣士になると期待をかけておったのだが……」

江戸へ出てきたのが五年前で、その翌年、日野宿は大火にみまわれた。玉五郎の家も焼失した。炎に巻かれた母親を助けようとして父親も大怪我を負い、それがもとで亡くなってしまった。玉五郎は郷里へ帰ったまま、江戸へはもどって来なかった。

「あっちへ稽古に出むいた際、玉川で筏師《いかだし》をしていると聞いたが……筏流しの最中《さなか》に筏を渡し舟にぶつけてしまい、ご公儀の書状を川へ落としたかなにかで捕えられて……そうそう、百敲《たた》きにおうたとか。そういえば、この二、三年は噂を聞かぬのう」

玉五郎はなんと不運な男か。竹馬の友が目録を授かり、近藤の実家、嶋崎《しまざき》家の養子となって試衛館の後継者と目されていると聞けば、なおのこと、双方の運不運をおもわずにはいられない。気の毒に……と珠世は胸を痛めた。が、だからといって今、同情してどうなる話ではなかった。

「会うていただけませんか、玉五郎に」

「詫びるようなことはしておらぬ」

「なればなおのこと、誤解を解いてやってはいかがでしょう」

「なにを今さら。ならず者になりはてた弟子に、つきおうておる暇などないわ」

「ではさように伝えましょう。玉五郎は、先生のことを、疚《やま》しいことがあるゆえ怖がっているとおもうやもしれません」

「なんだと？　ふん、くだらん。そもそも将軍家の鷹かなにか知らぬが、鷹一羽とこのわしを秤《はかり》にかけるとは……」

「なれど鷹一羽には、玉五郎の命だけではありません。御鷹匠や御鳥見役の命がかかっております。わたくしの息子の命も……」

将軍家の鷹を殺めた玉五郎は死罪、佐々木は自責の念から切腹、となれば、御鳥見役もなんらかの責任をとらざるをえない。

近藤は珠世の目を見つめていた。珠世もじっと見つめる。

「さすれば、こうしよう。この一件、勝太《かった》に任せる。即刻、行かせよう」

「勝太……」

「さっき話した養子だ。わしの実家の姓を名乗っておるゆえ嶋崎勝太、上石原村の百姓の倅での、玉五郎とは幼なじみ、江戸でもしばらくいっしょだった」

年齢も同じくらいで、互いをよく知り尽くしている。勝太のほうが適任だと、近藤は頑としていいつのった。

「玉五郎は近藤先生を、といいはっているそうですよ。大丈夫でしょうか」

「いいから任せておけ。勝太ならぬかりはない」

近藤に命じられて、次の間でひかえていた源次郎が表の道場まで勝太を呼びにいった。勝太はすぐにやって来た。

珠世に礼儀正しく一礼をして近藤の前に膝をそろえた勝太に、珠世の目は吸い寄せられた。がっしりとした体格の男である。二十歳だというが、年齢より老成して見える。が、よく見ると、一文字に引き結んだ大きめの口は利《き》かぬげで、子供がすねているようだ。源太夫の若いころを想《おも》わせる四角い顔は、大らかでどこかおかしみのある源太夫とはちがって、生真面目《きまじめ》な熱血漢という印象だった。少なくとも、妻子をこよなく愛し、美味《うま》いものを腹いっぱい食べていれば幸せという顔ではない。なにより勝太の双眸《そうぼう》は――。

珠世はふっと、これが新しい男かもしれない、とおもった。家代々の御鳥見役や大御番組与力、御徒目付《おかちめつけ》をあたりまえのように引き継いだ久太郎、久之助、君江の夫の菅沼隼人、彼らとは良くも悪くもちがっている。百姓の倅から剣術指南の養子になった男は、野心や志を胸に抱き、はるか遠くを見すえているようにも……。

勝太は、近藤の話が終わるや、事もなげにうなずいた。

「ただちに出立いたします」

「うむ。源次郎、道案内はできるか」

「はい。目指す家の場所はここに書いてございます」

「よし。行け」

二人は近藤に両手をつき、つづいて珠世にも挨拶《あいさつ》をした。

「よろしゅう頼みます。源次郎どの、勝手に動いてはなりませんよ」

「ご心配なく。久太郎さまとごいっしょに帰って参ります」

二人を見送ったあと、珠世は今一度、近藤に礼を述べた。

近藤は裏店の隠居の顔にもどって、火箸《ひばし》で火桶《ひおけ》の灰をつついている。

「石塚源次郎か……栗橋定四郎どのがいうたとおり、なかなか見所がありそうだの」

「栗橋先生がさようにおっしゃったのですか」

「腕白で猪突猛進《ちょとつもうしん》、なにをしでかすかわからぬところがおもしろい……と」

近藤はカラカラと愉快そうに笑った。

五

久太郎は物陰にひそんで、無宿人どもが出たり入ったりする様子を眺めていた。助《すけ》っ人《と》としてつれてきた綱差《つなさ》しが無宿人の一人をかなり先まで追いかけ、締め上げて聞き出したところによれば、陸尺たちはとうに逃げ去ったとか。幸三郎は頭領の指示で江戸へむかい、今は御鷹匠《おたかじょう》の主従と鷹だけが家の中にいるという。しかも、正確にいえば囚われているのは鷹だけで、佐々木と中山は鷹のそばを離れがたく、なにくれと世話を焼いているらしい。食料を運び込んでいるところをみると、鷹が餓死する心配はなさそうだ。

といっても、いつまでもこうしてはいられない。陸尺が代官所へ訴えるかもしれないし、八州廻りに感づかれるかもしれない。将軍家の鷹を奪われた、などという不始末が喧伝《けんでん》されないためにも、一刻も早く鷹を奪い返す必要がある。

いつ、どうやって踏みこむか。その前に、幸三郎はどうして江戸をめざしたのだろう、まだ積雪で道が寸断されているというのに——。

久太郎は考えこみながら、街道の近くまで退却した。八王子の御用屋敷から助っ人にやってきた面々が件《くだん》の家を遠巻きにかこんでいるので、安心して腹ごしらえができる。旅人を装《よそお》って、街道の木陰で握り飯にかぶりつこうとしたときだ。聞きなれた声がした。

「久太郎さまーッ」

「源次郎……源次郎かッ」

なぜ源次郎がここにいるのか。かたわらに大柄な男がいた。が、幸三郎ではない。

久太郎はそばへやって来た源次郎から、嶋崎勝太を紹介された。

「試衛館の、近藤先生……」

「嶋崎さまは、あやつらの頭領、玉五郎というやつと掛け合ってお鷹さまを奪い返すために同道してくださったのです」

源次郎はこれまでの経緯をかいつまんで教えた。

「そうか。して、幸三郎どのの容態は？」

「大事はなさそうです。それより皆、久太郎さまのことを心配していますよ。八王子へたどり着けたかどうかって」

「舟が出るまでずいぶん待たされた。が、このとおり、助っ人をつれてもどってきた」

久太郎は二人をつれて、無宿人がたむろする家の近くまでもどった。

「ところで、どうやってお鷹さまを奪い返すつもりですか」

久太郎は勝太に訊ねた。勝太は近藤ではない。玉五郎はおもいどおり事が運ばなかったことに腹を立てて、鷹を殺してしまうかもしれない。

勝太は多くを語らなかった。

「お任せあれ」

源次郎に腰の大小を手渡し、すたすたと歩いてゆく。家の前まで行くと仁王立ちになって「玉五郎。おるかーッ」と大声をはりあげた。無宿人どもが飛び出してきて、棒や鉈《なた》をふり上げたものの、勝太は相手にしない。

「おーい。玉五郎。出て来い。来ぬ気なら入るぞ」

一歩踏み出してねめつけると、無宿人どもはあとずさった。勝太が家の中へ入ろうとしたとき、男が出てきた。年齢も背丈も同じくらいだが、勝太より痩《や》せて、顔も貧相だ。すさんだ暮らしのせいで頬がこけ、眼窩《がんか》も落ちくぼんでしまったのか。男は鞘《さや》をしたままの長刀を手にしていた。背後に鷹の籠を抱えた無宿人をしたがえている。

「よう、玉五郎。四年ぶりか。久しいのう」

「なんだ、おまえか。おれは先生に用があるんだ。先生はどこだ？」

「腰を痛めておられるゆえ歩けぬ。で、おれが代わりに来てやった」

「ふん。おまえに用はない。帰れ」

「いや。用があるはずだ。本当は、ずっとこの時を、待っていたのではないか」

「どういうことだ？」

「気がすむようにしたらどうだ。斬れッ」

　久太郎は仰天した。源次郎も、八王子から加勢にきた面々も、無宿人どもも、鷹を案じて戸口まで出て来た佐々木と中山も、息を呑んでいる。

　勝太は丸腰だ。だれかが「やめろッ」と叫び、別の声が「逃げろッ」と叫んだが、勝太は微動だにしなかった。すっくと立ったまま玉五郎をにらみつけている。

　だれよりおどろいたのは玉五郎かもしれない。目をつりあげ、くちびるをゆがめて憤怒《ふんぬ》の形相をしている。しばしこらえていたがこらえきれず、刀を抜いて鞘を捨てた。あちこちから「あッ」「うわッ」「殺《や》られるッ」と声がもれる。久太郎は跳びだそうとした。が、その前に玉五郎が大上段から刀をふりおろした。勝太は器用に避《よ》けた。今度は息をつくまもなく八双からふりかかるが、これも避ける。返し刀で斬り上げようとした玉五郎の腕を、勝太はつかんだ。

「稽古が足らんな」

うッうッと玉五郎は勝太の手をふり放そうとしてもがき、火を噴くような目でにらみ返している。

「鍛錬して出なおしてこい。いつでも相手になってやる」

勝太はおもいきり玉五郎を突き飛ばした。すっ飛んで地べたに倒れた玉五郎には目もむけず、無宿人の手から鷹の籠をとりあげた。蛇ににらまれた蛙《かえる》のように、無宿人は抗《あらが》うことも忘れて見惚《みと》れている。

将軍家の鷹は、佐々木の手にもどされた。

「おうおうおう、お鷹さま、ご無事にござったか。危難にあわせてしもうたのう、何《なに》卒《とぞ》、何卒、お許しくだされや」

佐々木は籠を抱きしめて涙している。勝太に礼をいうことにまで頭がまわらないらしい。

「嶋崎さま。かたじけのうございました」

顔色ひとつ変えずにもどってきた勝太に、久太郎は心から礼を述べた。中山も駆け寄って頭を下げる。

「さてと。せっかくここまで参ったゆえ、おれは日野宿で出稽古をしてゆくことにした。源次郎はいかがする？　矢島さまも帰路にはぜひ、お立ち寄りを。歓迎いたしますぞ」

日野宿には問屋と脇本陣を営んでいる佐藤彦五郎《ひこごろう》という門人がいて、この家に設《しつら》えた道場が稽古場のひとつになっているという。

「つれていっていただいてはいけませんか」

源次郎は久太郎に許可を求めた。勝太の鮮やかな腕を目の当《ま》たりにして、すっかり惚《ほ》れこんでしまったようだ。

「よいとも。嶋崎どの、源次郎のこと、よろしゅう頼みます」

「久太郎さまも帰りに……」

「それがしは御用繁多ゆえ……」

久太郎はもう、八王子の御用屋敷へむかって歩きだそうとしていた。むかう先は八王子でも、心は江戸へ、雑司ケ谷へ、組屋敷のわが家へ飛んでいる。

一刻も早く役目を終えて、家へ帰りたい。心配をかけた両親や妻に元気な顔を見せてやりたい。今回の件でひと肌脱いでくれた母に感謝の気持ちを伝え、愛《いと》しい恵以を抱きしめたい。そして、沙耶の鏡餅のような頰をつついてやるのだ。

「父はの、大雪など、ものともしなかったぞ」

そう、自慢をしながら……。

六

板塀にからみついたまま枯れてしまった蔦《つた》を引き抜くのは、新芽の成長をうながすためだ。競うように葉を茂らせても、枯れるものあり芽吹くものあり。手の中の変色した蔦を見つめて珠世はため息をつく。と、そのとき、男たちの笑い声が聞こえた。源太夫がなにかおかしなことをいったのか。

矢島家の茶の間に、男ばかり六人がつどっていた。女正月のむこうをはって男正月を祝おうというのではない。一月も晦日《みそか》ではとうに新年の華やぎは消えている。

この日はめずらしく久太郎と源太夫が非番だった。二人の非番が重なることはめったにない。そのため、半隠居の伴之助と暇をもてあましている松井次左衛門、それに源次郎の五人で、石川幸三郎の快気祝いをすることにした。

幸三郎の手足の凍傷は軽傷で熱もひいた。今やすっかりよくなって、源太夫に負けず劣らず旺盛《おうせい》な食欲を見せている。

残念ながら久之助、源太郎、そして君江の夫の菅沼隼人は欠席。男たちのつどいは女たちのそれとちがって、全員がそろうことはまれだ。

「お姑《かあ》さまもいらしてください。お汁粉ができましたよ」

恵以が盆をかかげて、台所から茶の間に出てきた。

「あら、もうできたのですか」

珠世もあわてて裏手にまわりこむ。茶菓の仕度をはじめた。

「登美さまもお呼びしないと」

「今のぞいたら眠っておられました。沙耶の相手をしていて、いっしょに寝てしまったようですよ」

「おやおや。それではそっとしておきましょう。それにしても、近ごろ登美さまはよう昼寝をなさいますね」

茶菓を運び、珠世と恵以も男たちの輪に加わる。

「全快されてようございました。大変な災難でしたが、石川さまも久太郎も、それに源次郎どのも、大事にならずにすんだのは皆の働きがあったればこそ」

幸三郎の回復を祝った上で、珠世はあらためて三人の労をねぎらった。もちろん、先日の大雪の最中に起こった出来事——将軍家の鷹を奪還するまでの顚末《てんまつ》——は、久太郎から聞いている。

「いやいや、こちらこそ、母上さまには面倒な役目を押しつけてしまいました」

「わたくしなどなにも……近藤先生とお会いできて楽しゅうございました。あんなときに、楽しい、などというのは不謹慎ですが……」

「源次郎と礼にうかごうたら、先生も母上のことをうれしそうに話しておられましたよ。いたくお気に入られたようで」

「わたくしも同じです。主どのとさほどお歳《とし》がちがわないのに、なにやら亡《な》き父上と再会したようにおもえて……そんなことがお耳に入ったらご機嫌をそこねましょうね」

そうそう、と、そこで珠世は小首をかしげた。

「玉五郎というお人は、近藤先生になにを詫びさせようとしたのですか」

「そこなのだ……」と、源太夫が膝を乗り出す。「四年前の正月に日野宿で大火があったとき、玉五郎は郷里へ帰っているはずだった。ところが先生に急な用事を頼まれたので、やむなく日延べをしたらしい」

その夜、玉五郎の家は大火にみまわれた。以後、玉五郎は近藤に会っていないから、おそらくこの事ではないかという。

「理由はふたつ、考えられます」

久太郎があとを引きとった。ひとつは、もし自分が家にいれば両親を助けられたのではないかという後悔……それが高じて、近藤に怨《うら》みをつのらせたという考え。

もうひとつは――。

「先生のせいで死ねなかった、自分だけが生き残ってしまったという怨みです」

「死ねなかった……」

珠世は胸に手を当てた。そうかもしれない。その後の悲惨な半生をおもえば、玉五郎は、大火で死ぬはずだった自分を結果的に救ってしまった近藤に腹を立てていると も考えられる。

「でも、そうだとしても、詫びとは妙ではありませんか」

「先生の手で、今度こそ、死なせてもらいたかったのやもしれぬ」

伴之助がいった。斬られるように仕向けるか、近藤が手を下すとはおもえないから、目の前で自死してみせるか。それこそ、両親の仇《あだ》を討《う》つかのように。

珠世はうなずいた。

「近藤先生は、あのお方は、それがわかっていらしたゆえ、わたくしの頼みを断られたのですね。駆けつけようとしなかったのは、玉五郎を死なせたくなかったからでしょう。そして、あえて嶋崎勝太どのを行かせた。なぜなら、嶋崎どのとはかつて競い合うた仲だったからです。自分は落ちぶれて、竹馬の友が先生のご養子に抜擢《ばってき》された。顔を見れば、必ずやなつかしさと共に口惜しさや忌々《いまいま》しさがこみあげる……」

「母上のおっしゃるとおりでしょう。嶋崎どのの前であれば、自分だけが死ぬなどとんでもない、おのれ、おまえこそ……と、めらめらと殺意が燃え上がるはずです。実際、そのとおりになりました」

勝太と玉五郎——いずれも野心と志を抱き、江戸へ出て、剣の道を突き進もうとした若者たちだ。その二人が、いつしか天と地ほど隔たった道を歩んでいた。片方は明日へつづく道、もう一方は死へむかう道……。人智《じんち》では測り知れない天の無情な采配《さいはい》に、だれもが眸《ひとみ》を曇らせている。

「玉五郎どのは、これからどうなるのでしょう？」

恵以がぽつりとつぶやいた。

珠世は恵以を見る。

「きれいごとをいうつもりも、安易な慰めを口にするつもりもありません。でもね、恵以どの、わたくしはおもうのですよ。お二人ともまだ先は長い、と。十年後二十年後三十年後にどうなっているか、それはだれにもわかりません」

勝太は玉五郎に、いつかまた自分に挑めとけしかけたという。そんな日が来ないと、だれに断言できようか。

「ねえ、汁粉が冷めちゃったよ」

源次郎が唐突に声をあげた。暗い話題を払拭《ふっしょく》しようというのだろう。

「おう、こっちはからっぽだ。すまぬが恵以どの、お代わりをもらえぬか」

源太夫が大食いの本領を発揮する。

「さてと。されば拙者はひとつ、清土村の子供らに教わったおかしな話を……」

次左衛門が居住まいを正したとき、登美の小部屋で沙耶のむずかる声が聞こえた。稚児《ややこ》のところへとんでゆく妻を、久太郎が目で追いかける。

明日の天気はともあれ、今、この瞬間は早春の陽射《ひざ》しにつつまれていた。雨も雪も、当分は降りそうにない。

「さ、お代わりを」

珠世は笑顔で、源太夫の空になった器をうけとった。

第二話　大《おお》鷹《たか》の卵

一

春が短くなったと感じるのは年齢のせいか。

珠世《たまよ》は運針の手を休めて、晩春の庭に目をやった。

「ほら、あそこ。雨蛙《あまがえる》がおりますよ」

まだ花のない紫陽花《あじさい》の葉の上に、親指の爪《つめ》ほどの蛙がいる。同色なので葉から葉へぴょんと跳ばなければわからなかった。冬眠から覚めたばかりの小さな体は好奇心ではちきれんばかり、じっとしてはいられないのだろう。

「登美《とみ》さま……」

肩越しに目をむけると、昼寝をしている孫娘の沙耶《さや》のかたわらで登美も船を漕《こ》いでいた。珠世の従姉《いとこ》はこのところ居眠りばかりしている。

「おやおや、まだ冬眠中ですね。気持ちよさそうだこと」

綿をぬいた着物をとりあげる。袷《あわせ》に縫いなおしていると、門のあたりで人の気配がした。入るのをためらっているらしい。

珠世は着物を脇《わき》へおいて沓脱《くつぬ》ぎ石の上の下駄《げた》を履き、庭木戸からおもてへ出た。門番がいるようなごたいそうな家ではない。粗末な小袖《こそで》に手甲脚絆《てっこうきゃはん》の旅装束、ふりわけ荷を肩にかけ、菅笠《すげがさ》を手にした若者が、門の前に当惑顔で立っていた。珠世を見ると身をこわばらせ、それからあわててぺこりと辞儀をする。

珠世も一瞬、声を失っていた。なんともいえない愛嬌《あいきょう》のある顔と小柄な体つきが、しゃぼん玉売りの藤助《とうすけ》をおもいださせたからである。毎年、春から夏に鬼子母神《きしもじん》の境内でしゃぼん玉を吹いていたひょうきん者の藤助は、矢島家の家族と懇意にしていて、皆から愛されていた。昨春、大病のあとだというのに郷里の三河へ帰ってしまったので、無事に帰り着いたかどうか、珠世は案じていた。元気な顔が見たいと今春も首を長くして待っているのに、まだ顔を見せない。

「えー、こちらは、矢島さまのお宅でございますか」

遠慮がちな態度とは裏腹に、若者は朗々たる声でたずねた。

「しッ。子供が寝ておりますので、もう少し小さなお声で」

「相すみません。地声がでっけえもので」

もう一度、頭を下げてから、人なつこい笑顔になる。

「沙耶お嬢さまでございますか。たしか、ええと、みっつにおなりで……」

「まぁ、ようご存じですね」

「へい。藤助兄さんがいつも話しておりますんで」

「藤助ッ。藤助さんは、ご無事なのですねッ」

今度は珠世が大声を出していた。孫娘が目を覚まそうが、そんなことはもう頭にない。藤助が無事でいるとわかったのだから。

「お姿を拝見したとたん、藤助さんのことをおもいだしたのですよ。やっぱりおもったとおりでした。藤助さんは三河に……」

「へい。形原《かたのはら》におります。昨年、帰り着いたときはひどく弱りきっておりましたが、なんとか一命をとりとめ……今はずいぶんようなりました」

　春にはまた江戸へ行きたいと話していたが、それは無理だと皆で引き止めた。藤助はなつかしそうに江戸の話ばかりしているという。

「ご実家にいるのですか」

「ご実家ってのはねえんですがね、ま、ウチが実家みてえなものか」

「というと、あなたは親方のお子さん……」

「へい。藤助兄さんとはガキのころからいっしょで……ようやく帰って来てくれましたんで、お母《かあ》も弟妹たちも喜んでおります」

聞くやいなや、珠世は、とびきりの春が三度も四度もいっぺんに訪れたような喜びに満たされた。三河万歳《まんざい》で稼ぐために親方と江戸へ出て来た藤助は、自分の落ち度から銭を失い、それがために薬代も払えず、病に罹《かか》った親方を死なせてしまった。その後は江戸にとどまり、しゃぼん玉売りや大名行列の露払いなど、身を粉にして働いて銭を貯《た》めた。親方の家族へのせめてもの詫《わ》びのつもりだった。

親方の家族に温かく迎えてもらったということは、藤助の気持ちが通じたのだ。珠世の胸の痞《つか》えも下りる。

「それでは、三河からいらしたのですか」

はじめて若者に関心がむいた。

「へい。あっと、こいつはすまぬこって。あっしは乙吉《おときち》と申します」

乙吉は自慢の声を商売にしたいとおもいたち、藤助の勧めもあって、江戸へ出て来たという。

「おじゃましましたのは、藤助兄さんから預かってきたものがございますんで」

「藤助さんから……まぁ、なんでしょう」

珠世は乙吉を玄関へ誘った。家にあがってなにか食べてゆくようにと勧めたが、乙吉はこれから弁天町の才吉太夫《さいきちたゆう》という三河万歳の元締のところへ挨拶《あいさつ》にゆくことになっているからと固辞した。玄関の式台にちょこんと座って、ふりわけ荷の中から手のひらにのるほどの大きさの、嵩高《かさだか》い包みをとりだす。

「兄さんがこれを、皆さまにさしあげてくれと……」

包みを開くと、平たく畳んだ巾着《きんちゃく》が十ほども積まれていた。

「三白木綿《さんぱくもめん》の刺し子ですね」

「へい。形原の名産なんで。まだあんまし動けないときに、お母や妹たちに教わって兄さんがひとつひとつ作っておりました。こちらと、石塚さまの女子衆《おなごしゅう》にもさしあげるんだと申しまして……」

矢島家の珠世、恵以《えい》、沙耶、石塚家の多津《たづ》、里《さと》、秋《あき》、雪《ゆき》、それに珠世の娘の幸江《ゆきえ》や君江《きみえ》の分まで数に入れているのか。小さなものとはいえ、さほど器用でもなさそうな藤助がこれだけの巾着を作るのは容易ではなかったはずである。

「皆、どんなにか喜びましょう」

あいにく恵以は秋と護国寺へ出かけていた。

「石塚家の皆さまにも、くれぐれもよろしゅう」

石塚家は大名家の下屋敷内の長屋なので、厳《いか》めしい御門に門番がいる。乙吉は気後れして訪ねられなかったと頭を掻《か》いた。

「落ち着いたら、またいらしてください。藤助さんの話をぜひ」

「へい。ありがとう存じます。実はもうひとつ、兄さんに頼まれておりますんで」

「まぁ、なんでしょう」

「沙耶お嬢さまのお祝いにちょいとした余興を、とまぁ、それは次の機会に」

乙吉は腰を上げた。門前まで見送りに出た珠世をしげしげと眺めて、「なるほどなぁ」とうなずく。

「なにか……」

「いえ、兄さんがいっておりました。この世で、矢島家の奥さまほど、ほこほこと温かくて、おそばにいるだけで安心できるお人はいない、しかもふしぎなのは、どんな人もそうおもうってことだ……と」

「藤助さんたら、大仰なことを」

珠世は笑った。口元をほころばせたまま、藤助の背中によく似た背中が下雑司ケ谷《したぞうしや》の大通りにつづく道へ曲がりこむのを見送る。

二

恵以は、秋と護国寺にいた。

境内の喬木《きょうぼく》に大鷹《おおたか》が巣をかけたと話題になっている。見物に行こうと秋が誘いにきたとき、沙耶は見ていますから二人でお行きなさい、と珠世に送り出された。なぜ珠世が恵以を行かせようとしたのか、そのわけは恵以もわかっている。

矢島家へ嫁ぐ前、恵以はこの護国寺で、鷹をめぐって矢島家の隠居――珠世の父の久右衛門《きゅうえもん》――と大喧嘩《おおげんか》をしたことがあった。おかげであわや破談になりかけたが、災い転じて福となる、その後、心を通わせることができた。護国寺の鷹の巣は、今は亡《な》き久右衛門との思い出のよすがである。

「ほらね、みんな見に来てるでしょう」

鷹の巣のある喬木を遠巻きにして、何組かの見物人がいた。中にはヒナが孵《かえ》るところを見るために足繁《あししげ》く通っている人もいるらしい。

「瓦版《かわらばん》になったのなら無理もありませんね。秋さんはだれに聞いたのですか」

「源次郎《げんじろう》に。近藤先生の出稽古《でげいこ》のお供をしてきたとき人垣を見て、何事だろうとおもったんですって」

秋の弟の源次郎が通っているのは、市ヶ谷にある天然理心流の道場、試衛館《しえいかん》である。師範の近藤周助《しゅうすけ》は、江戸近郊へしばしば稽古に出かけていた。一月半ばの大雪の日、恵以の夫の久太郎《きゅうたろう》が御鳥見役《おとりみやく》の任務中にある騒動に巻きこまれた際、近藤周助と養子の勝太《かつた》の助けを得たことがきっかけで、矢島家と近藤家は親しくつきあうようになった。

「大鷹は餌《えさ》を探しに出かけているようですね」

「卵はいくつあるのかしら」

「さぁ、孵ってからでないとわからないでしょう。木に登って覗《のぞ》くわけにもいかないし」

大鷹が帰ってくるのを待ってみようと、二人は境内をそぞろ歩く。日を追うごとに緑を濃くしてゆく木々の葉と、はらはらと舞い散る竹落葉……木漏れ陽きらめく雑木林を散策するのは心地よい。

「そういえば秋さんは、また縁談を断ってしまったそうですね。源太夫《げんだゆう》さまも多津さまも困り果てておられましたよ。ぐずぐずしていると妹に先を越されそうだと」

ちょうどよい機会だった。娘盛りの秋がなぜ頑《かたく》なに縁談を拒むのか。これが源太夫や多津のような両親でなかったら、親の決めた縁談に異を唱えるなど断じて許されないことだ。源太夫も多津もそのわけを知りたがっている。恵以は多津から、機会があったら訊《き》いてくれと頼まれていた。

「あら、雪が先にお嫁にゆけばいいのです。わたしに遠慮なく」

秋はそんな話題には関心がなさそうだ。

「だったら秋さんはどうするのですか。お嫁にいきたくないわけがあるなら……」

「別に、ありません」

「ならどうして」

「気乗りがしないのですもの」

皆そんなものですよ、といおうとして、恵以は言葉を呑《の》みこんだ。世間一般ではそうかもしれないが、矢島家はちがう。旗本家の嫡男《ちゃくなん》に見初められて嫁いだ長女も最後は自分で決断したそうだし、他の三人は三人とも夫婦《めおと》となる相手を自分で探した。おかげで晩婚になってしまったが、皆、平穏な家庭を築いている。秋はそんな矢島家になじみすぎて、自分も……とおもっているのかもしれない。

「それではしかたがありませんね。せめてどういう人ならよいのか教えてください」

恵以にいわれて、秋はうーんと答えに窮している。

「ご用人さまからのお縁談《はなし》も、里さんの婚家からのお縁談も、断ってしまったと聞きましたよ。先日もこれぞというお縁談があったとか。安藤長門守《ながとのかみ》さまのご家来で、寺社奉行の小検使《しょうけんし》に抜擢《ばってき》され、家柄だけでなく見た目も性格も非の打ち所のない若者……その、いったいどこが気に入らなかったのかしら」

秋は自分の足元を見つめた。

「非の打ち所が、ないところ、です」

「おやまぁ……」

他に返す言葉がなかった。そう、秋は勝気なだけでなく、変わり者でもあったのだ。

「わかりました。秋さんは秋さんの好きなようになさい。ただし、それができるのはお父上お母上のおかげだということを忘れてはなりませんよ」

「はい」と神妙な顔でうなずいたところで、秋はちょろりと舌の先を見せた。

「母上が父上と夫婦になったとき、父上は浪人で、寡夫《やもめ》で、五人の子持ち、おまけに無一文の大食漢だったのです。でも母上は……ふふふ、わたしがどうしようと、父上も母上も文句なんかいえないでしょう」

これ以上いったところで埒《らち》が明きそうもないと、恵以はため息をつく。

二人は喬木のところへもどった。大鷹はまだ帰っていなかったが、恵以の目を引いたものがある。木の下で男が二人、言い争いをしていた。一人は武士で、寺社方の同心のようだ。つぎだらけの着物を着た十になるやならずの男児の腕をつかんでいる。もう一人は白髪まじりの総髪をひとつに結び、道服《どうふく》のようなものを着た男――。

「お祖父《じい》さまッ」

恵以はおもわず声をもらしていた。鷹の巣の下で言い争いをしている姿が、亡き久右衛門を彷彿《ほうふつ》とさせたのである。

男がふりむいた。

「まぁ、近藤先生ッ」

近藤周助だった。剣術師範の鋭いまなざしがにわかに和らぐ。

「おう、これは矢島さまの嫁御に、そちらは……源次郎の姉さまか」

近藤が目を離した隙《すき》に、同心らしき男は男児を引きずってゆこうとした。手を咬《か》みつかれたか、カッとなって足をばたつかせている男児を胴抱えにする。

近藤は「待てッ」と行く手をふさいだ。

「待てというのがわからんのか。ひっ捕らえて、なんとする」

「悪さをしたらどうなるか、たっぷりと教えてやるのだ」

「石を投げたはむろん、けしからぬことじゃ。が、まだほんの小僧っ子ではないか。

この場で叱《しか》ればよかろう。なんならひとつ拳固《げんこ》でもくれて……」

「そうはいかぬ。将軍家のお鷹さまになるやもしれぬ大切なヒナの巣だぞ。小童《こわっぱ》とて容赦できぬ」

牢《ろう》に入れようというのか。それとも百敲《たた》きにでもする気か。

恵以と秋は顔を見合わせた。

鷹の巣は喬木の梢《こずえ》にある。子供が石を投げてとどく高さではもとよりなかったが、それでもとんでもない悪戯《いたずら》であることはたしかだった。叱られて当然。かといって、近藤がいうように、奉行所へ引っ立てるのはやりすぎだろう。

「お侍さま。わたくしからもお願いいたします。この子にはよくいい聞かせます。二度と悪さをしないように」

恵以は名を名乗った上で頭を下げた。鷹姫さまと呼ばれた女である。こういうとき、黙って見てはいられない。

男は御鳥見役の妻女の登場に、少しばかりひるんだようだった。

「し、しかし、こやつは捨吉《すてきち》というて、名うての悪ガキにございますぞ。賽銭《さいせん》を盗む、絵馬に悪戯書きをする、こやつをまっとうにするのは、お天道《てんと》さまを西から昇らせるより難儀にございましょうな」

常習犯と聞いて、近藤も恵以も困惑顔になる。

そこへ、小者をつれた若い武士が近づいてきた。とおりすがりに言い争いに気づいて、少し離れたところで眺めていたようだ。

「近藤先生、出稽古にございますか」

「おう、勇五郎《ゆうごろう》。いや、ここでは元木さまか。そこもとは安藤家のご家臣であったの」

元木勇五郎と呼ばれた若侍は近藤の弟子らしい。

「御用繁多にて近ごろは稽古を怠り、面目もございませぬ」

勇五郎は、近藤に会釈《えしゃく》をして、捨吉の腕をつかんでいる武士に視線を移した。

「佐久間《さくま》、いかがしたのだ」

若いながらも上役か。

「また捨吉めにございます。今度こそ、たっぷりと仕置きを……」

「放してやれ」

「こやつは鷹の巣へ石を投げたのですぞ」

「母親が夜鷹夜鷹と蔑《さげす》まれるゆえ鷹が憎いのだろう。見逃してやれ」

「かような性根の腐った小童にお目こぼしはご無用かと……」

「巣は無事だ。卵はまだある。ならばぐずぐず申すな」

佐久間と呼ばれた武士は不承不承ながら捨吉を解き放った。捨吉はあかんべえをしながら逃げてゆく。

「さすれば拙者も。先生、必ず近々……」

「おう。待っておりますぞ」

近藤と恵以に軽く目礼をして、元木も足早に立ち去った。佐久間だけは、元木の前とは一変、後ろ姿を憎々しげににらみつけている。

「若造のくせに……ああいう輩《やから》がいちばん始末が悪い」

吐き捨てたあとは、恵以たちを見ようとさえしなかった。元木とは反対方向に去ってゆく。

近藤はしばし感慨深げに鷹の巣を見上げていた。

「勇五郎も、なかなかに、苦労しておるようじゃのう」

「元木さまのおかげで、あの子は捕らわれずにすみました」

「それがよかったかどうか……われらはよけいなことをしたのやもしれぬが……いや、たしかに、佐久間とやらいう武士につれてゆかれて折檻《せっかん》されるよりはマシだろう。腕の一本二本折るだけではすみそうにないゆえの」

捨吉のような子供を更生させるのはむずかしい。綺麗事《きれいごと》だけですまないことは恵以も承知していた。それでも、心の伴わない体罰は幼な子の心を歪《ゆが》めるだけだとおもう。

元木勇五郎のはからいは胸のすくものだった。

「元木さまには惚《ほ》れ惚《ぼ》れしました。凜々《りり》しゅうて、清々《すがすが》しゅうて……」

恵以がいったとき、秋が遮るように「あッ」と声をあげて梢を指さした。

「大鷹が帰ってきました」

「まぁ、ほんに、大きな鷹だこと」

「護国寺の境内に巣を掛けるだけあって、見事な面構《つらがま》えにござるのう」

下界で人間たちが騒いでいることなど、大鷹は意にも介さなかった。ひとわたり睥《へい》睨《げい》したあとは、巣の中にゆったりと腰を据える。

「さぁ、秋さん、わたくしたちも帰りましょう」

恵以は秋をうながし、近藤に会釈をした。

「珠世どのによろしゅうお伝えくだされ。そのうちに寄らせていただく、と」

「ぜひいらしてください。姑《はは》がよろこびます」

「秋どの。源次郎がめきめき腕を上げておると、お父上に伝えてくだされ」

まだ鷹の巣を見上げている近藤を残して、恵以と秋は矢島家へ帰って行った。

三

夕闇《ゆうやみ》が迫っている。

暮れる寸前の残光の中で、喬木がひときわ異彩を放っていた。

もちろん、梢に、大鷹の巣があるからだ。

大鷹は巣の縁に止まって、光る眸《ひとみ》で四方を見渡していた。ときおり大きな羽をひろげ、漆黒の闇を呼び込もうとするかのようにばたつかせる。その姿は異界のもののようで、禍々《まがまが》しくも神々《こうごう》しい。

見物人は帰ったあとで、あたりは静まりかえっていた。

今日はもう来ないだろうと、きびすを返そうとしたそのときだ。小さな影が喬木にむかって忍び足で歩いてゆくのが見えた。秋はごくりと唾《つば》を呑みこむ。

捨吉は火搔き棒を背負っていた。胴巻きのように体に巻きつけた布にさしこんでいる。喬木に登って、あの棒で大鷹に挑もうというのか。

あまりにも無謀だった。足をすべらせたら、落下して骨の一、二本折るのはまちがいない。運が悪ければ大鷹に攻撃され、大怪我《おおけが》をする。それどころか命を落しかねない。

早く止めなければ――。

気持ちは焦《あせ》るのに、恐怖で体が固まっていた。下手に跳び出したり大声を上げたりすれば、大鷹が敵の襲来を察知して反撃してくるかもしれない。どうしようどうしようとはらはらしているうちにも、命知らずの捨吉は喬木の根元に来ていた。梢を見上げた顔は憎悪《ぞうお》に燃えている。

捨吉は木に登ろうとした。が、火掻き棒が見かけ以上に重いのか、手足を掛ける位置が見つからないのか、畜生畜生……とつぶやきながら、少し登っては落ち、また少し登ってはずり落ち、それでもあきらめようとはしない。眼下でそんな奮闘がつづいていることを知ってか知らずか、大鷹は悠然とした態度をくずさなかった。それも、なにやら不気味である。

捨吉はとうとうへたりこんだ。喬木に背をもたせて両足を投げ出し、首を垂れた姿を見て、秋は背筋を凍らせた。大鷹も鋭い嘴《くちばし》を突き出して、じっと捨吉を見つめている。

このままでは、なにが起こるか。

秋は落ちていた枝をつかみ、石を拾って袂《たもと》に入れた。指がふるえている。

「捨吉ちゃんッ、なにをしているのですかッ」

大声で呼びかけたのは、大鷹を牽制《けんせい》するためだ。

捨吉は顔を上げ、もたれかかっていた体を起こした。

頭上を気にかけながら、秋は捨吉に駆け寄る。

「木に登ればお咎《とが》めをうける。わかっているでしょう」

「へん。かまうもんか」

捨吉は秋をにらみつけた。

「鷹は獰猛《どうもう》です。ことに卵を抱いているときは。死にたくなければ早うお帰りなさい」

江戸市中で鷹が人を襲った話は聞かないが、命の危険を感じればなにをしてくるかわからない。

「どうしようが、おいらの勝手だ。てめえこそ、あっちへ行け」

「いいえ。ここへおいてゆくわけにはいきません。いっしょに帰りましょう」

秋は捨吉の腕をつかんで引き上げようとした。が、捨吉は秋の手をふり払おうと足をばたつかせる。脛《すね》を蹴《け》られて秋はイタッと悲鳴をあげた。それでも手は離さない。

「さ、いらっしゃいッ」

「うるさいッ」

「いうことを聞きなさいッ」

「いやだ、放せッ」

二人が揉《も》み合っていると、頭上に黒い影が落ちてきた。尖《とが》った爪をもつ四本指の足がすさまじい勢いで秋の視界をかすめた、とおもうや、捨吉の背中が浮き上がった。

浮き上がったように見えた。

「あ、捨吉ちゃんッ」

「うわーッ」

捨吉が、もしまともな格好《かっこう》をしていたら、大鷹につかまれ——たとえ重くて体を持ち上げられなかったとしても——その鋭い爪で大怪我をさせられていたにちがいない。大鷹の足は、つぎだらけの、すでにはだけかけていた捨吉の着物をむんずとつかんだ。背衣を引きちぎって巣へ舞い戻る。バサバサという羽音だけがすさまじく、啼《な》き声が聞こえないのもいっそう不気味だ。

また攻撃をしてくるかも——。

「行きましょうッ」

秋が手をとると、今度は捨吉も抗《あらが》わなかった。二人は手をつないで雑木林の中を一目散に駆けぬけた。寺門が見えてきたところで、ようやく足を止める。膝《ひざ》に両手をおいて大きく肩を上下させながら、しばらくは悪夢から目覚めた人のように荒い息をつく。

「ふーッ、こんなに、夢中で、走ったの、はじめてだわ」

「うん。姉ちゃん、速いナ」

「捨吉ちゃんだって……それにしても、その格好……」

「姉ちゃんだって髷《まげ》が曲がってら」

二人はおもわず笑い出していた。

「大鷹に食べられるとこだったなんて、だれも信じないわね」

「爺《じい》ちゃんにいったら、法螺《ほら》ふくなと叩《たた》かれる」

秋は髷をなおし、帯にはさんでいた手拭《てぬぐい》を捨吉のむき出しになった背中にかけてやった。寺門を出て、西青柳町の通りを雑司ケ谷にむかって歩く。捨吉はどこに住んでいるのか、まだ興奮が冷めやらぬとみえて、黙ってあとをついてきた。

「捨吉ちゃんはお祖父さんと住んでいるのね」

「それと妹。爺ちゃんはおれたちをいやいや引きとったんだ」

両親は……とたずねようとして、秋は声を呑んだ。あの若侍がいっていなかったか、捨吉の母親は夜鷹だと。夜鷹はその名のとおり、夜の闇にまぎれて春をひさぐ私娼《ししょう》のことだ。もちろんご法度《はっと》破りだから、見つかれば捕まる。

「お祖父さんのとこには来たばかりなのね。それまではどこにいたの」

「本所《ほんじょ》。お母《かあ》は牢に入れられちまった」

このところあちこちで、私娼だけでなく女師匠や女髪結までが、風紀を乱した科《とが》で捕縛されていた。先月は本所で夜鷹が数十人も捕らわれたと聞いている。そのこととかかわりがあるかどうかはわからないが、母親が御用となって入牢したので、捨吉と妹はこの近辺の祖父の家へ引きとられた、ということだろう。

捨吉が悪さをするのも大鷹をやっつけようとしたのも、やり場のない怒りをぶつけようとしてのことかもしれない。

「このすぐ先によく知っている家があります。そこで着物をつくろって、そのあいだになにか食べさせてもらいましょう」

秋がいうと、捨吉は目を瞬《しばた》いた。自分にそんなことをしてくれる家がある、というのが信じられないようだ。

捨吉は一瞬、駆け出そうとする素振りを見せた。が、おもいとどまったのは、「食べさせてもらう」という秋の言葉に逆らいがたい魅力を感じたからにちがいない。捨吉の腹がなっている。

秋は捨吉を矢島家へつれていった。

「まぁ、お怪我がなくてよかったこと。さぞ恐ろしいおもいをしたでしょう、可哀想《かわいそう》に。さ、着物を脱いで。つくろっているあいだにおまんまをお食べなさい。恵以どの……」

「はい。これを着て、こちらへどうぞ。すぐにできますからね。秋さんもいっしょに」

珠世は、捨吉がどこの子供か、たずねようともしなかった。しばらく会っていなかった親戚《しんせき》の子供がはるばる訪ねてきたかのように諸手《もろて》をあげて迎え、愛《いつく》しみをこめて世話を焼く。一方の恵以も、捨吉が悪さばかりしていることを知っているはずなのにおくびにも出さず、珠世に倣《なら》って、甲斐甲斐《かいがい》しく面倒をみてやった。

御鷹部屋御用屋敷から帰ってきた伴之助《ばんのすけ》や久太郎も当たり前の様子で小さな客人を迎え入れ、居候《いそうろう》の登美や松井次左衛門《じざえもん》でさえよけいなことはいわなかった。秋の帰りが遅いので心配して迎えにきた源次郎もまじえて、その夜は皆で和《なご》やかな夕餉《ゆうげ》となる。

「心配いらないっていったでしょう」

秋に目くばせをされても、捨吉はまだ狐《きつね》につままれたような顔をしている。

「ここはこういう家なのです。ね、小母《おば》さま」

「ええ。そうですよ。捨吉ちゃんも、いつでもおいでなさいね」

珠世は捨吉を抱きしめた。背中に当て布をしてもらった着物を着て、お腹《なか》いっぱいになったばかりか妹への土産までもらった捨吉は、次左衛門に送られて帰ってゆく。

秋と源次郎も帰路についた。

「昨日も一昨日《おととい》も矢島家でなにをしてるのかって母上が首をかしげてたけど、なぁんだ、大鷹を見張ってたのか」

「あの子のことが気がかりだったの。大変なことが起こるんじゃないかとおもったら居ても立ってもいられなくて……」

「だからって暗くなるまで見張るなんて……ま、姉さんらしいや」

でも、見張っていたおかげで発見をした。

捨吉ちゃんはいい子にだってなれるんだわ――。

秋は頬をほころばせる。これでもう大鷹に悪さをすることはないだろうとおもうと、自《おの》ずと足取りも軽くなっていた。

四

数日後のことである。

御用屋敷から帰った久太郎の着替えを手伝っていた恵以は、おやと耳をそばだてた。

「鷹の卵……護国寺の大鷹のことですか」

「うむ。地面に落ちてつぶれておったそうだ。鷹が自分で落としたのやもしれぬが」

ヒナが死んでいるとわかれば、巣から落としてしまうこともあるという。もちろん、なにかの拍子に落ちてしまった、ということも……。

「だれかが木に登り、卵を盗もうとして、誤って落としてしまったと……」

「そういいはる者たちもいるらしい」

恵以は背中がぞくりとした。

「もしや、捨吉ちゃんが疑われている、ということはないでしょうね」

久太郎はけげんな顔になる。

「捨吉？　おう、先日、飯を食いにきておった小童か。あんな子供には無理だろう。いくら腹を空《す》かせておっても、鷹の卵を食いたがるともおもえんし……」

久太郎は笑い飛ばそうとした。が、恵以から捨吉が鷹の巣へ石を投げて捕らわれそうになった話を聞き、捨吉が鷹に怨《うら》みを抱いているわけを知ると一転、眉《まゆ》をひそめた。

「元木さまが捨吉を見逃すよう命じたのか」

「なんと凜々しいお侍さまかと見惚《みと》れました。捨吉を捕えたお武家さまは腹を立てておりましたが……」

「さもあろう。元木さまはお若くして小検使に推挙された。一本気で高潔で、まこと快男児との噂《うわさ》だが、それだけにやっかまれることも多いらしい。世の中、清きことと正しきことだけで事を押し進めようとすれば角が立つ。とりわけお役目上のことは、とかく横車が入り、思いどおりにはゆかぬものだ」

「旦那《だんな》さまがさようなことを仰《おお》せになられるとはおもいませんでした。ご自分のことをいっておられるようにも聞こえますよ」

「おれも少しは大人になった、ということだ。大人がよいとはいえぬが……」

久太郎は苦笑する。

それはともあれ、恵以には気にかかることがあった。大鷹の巣から子供の着物の切れ端が見つかったらどうなるのか。捨吉は着たきり雀《すずめ》のようだし、日ごろから目をつけられている。捨吉のものだとわかれば、それでなくても捨吉に悪童の烙印《らくいん》を押して仕置きを下そうとしている同心は、ろくに詮議《せんぎ》もしないまま捨吉が卵を盗もうとした下手人だと決めつけてしまうにちがいない。

「旦那さまから元木さまに、話をしてはいただけませんでしょうか」

万が一の場合、元木なら捨吉を助けてくれるかもしれない。先日の護国寺での一件のように。

久太郎は首をかしげた。

「大鷹といっても卵のひとつ、騒ぎになるとはおもえぬが……ま、女房どのが見惚れた若党とじっくり話をするのも悪うはなかろう」

「久太郎さまったら、からかわないでくださいまし」

「それから念のために、捨吉に別の着物をとどけてやってはどうだ。もし巣にまだ卵があるなら、ヒナが孵って巣立つまでは中をのぞけぬ。端切《はぎ》れが見つかったときはもう、捨吉の着物などだれも覚えてはおるまい」

「さようですね。似たようなものを探して、縫うてやります」

恵以は早速とりかかることにした。

捨吉ちゃんはつぎだらけの薄汚れた着物しか持っていないようだし、どうせなら妹の分も……。妹には沙耶が着なくなった浴衣《ゆかた》で半襦袢《はんじゅばん》も作ってあげよう。仕上がったら、次左衛門にとどけてもらえばよい――。

新しい着物を着た兄妹《きょうだい》をおもいえがいているうちに、恵以は、われ知らず、珠世とよく似たえくぼを浮かべていた。


子供の着物を縫うのに日数はかからない。

恵以に頼まれて心尽くしの着物を捨吉兄妹へとどけた次左衛門は、肩を落として帰ってきた。

「いない？　二人とも？　どこへ行ったのですか」

護持院の裏手の、絵馬や草鞋《わらじ》、提灯《ちょうちん》づくりなど手内職で細々と暮らす人々が集まる長屋に、捨吉兄妹の祖父は住んでいる。ところがそこに、もう二人はいなかった。武士につれていかれたと聞いて、恵以は落胆した。

「もっと早う手を打つべきでした。姑上《ははうえ》に卵のことを話していたら、ひとまずここへ匿《かくま》うようにといってくださったはずです」

「しかし近所の者たちから聞いたところでは、この祖父さんというのも、かなりあこぎなやつのようで……」

とうの昔に勘当した娘が、駆け落ちした男とのあいだにもうけた孫である。愛情よりも憎しみのほうが強かったのか。祖父は兄妹に辛《つら》くあたり、ろくに食べものを与えていなかったという。しかも、あまり丈夫ではない妹をもてあまして、女衒《ぜげん》に売り飛ばそうとしていたと教える者さえいた。

「あそこにいたら、もっと辛いおもいをしておったやもしれませぬぞ」

「でも、捨吉ちゃんが今どんな目にあっているかとおもうと……」

恵以は、捨吉が佐久間とかいう武士に捕われそうになった、護国寺での光景をおもいだしている。

「どこに囚《とら》われているか、それだけでもわかるとよいのですが……」

久太郎に頼んで、元木をとおして聞き合わせてもらうしか手はなさそうだ。が、二人とも多忙の身である。しかもややっこしいのは、寺社の境内で起こった出来事は寺社奉行の管轄《かんかつ》だが、それ以外の場所になると、町奉行や代官が取り締まる。そうなると、元木は口出しできないし、だいいち耳にも入ってこない。

恵以の案じ顔を見て、次左衛門はひとつ提案をした。

「近藤先生にッ」

「先生には数多《あまた》の弟子がござる。しかも他の道場とちがって、試衛館では出稽古に力を入れておられるそうにて」

「そうでした。護国寺でお会いしたときも、出稽古にいらした帰りのようでした」

安藤長門守の下屋敷も護国寺の近くだから、元木勇五郎が通っていたのは市ヶ谷の試衛館ではなく、護国寺近辺の稽古場だったのかもしれない。

「近藤先生のお弟子さまの中に、捨吉ちゃんたちのことを耳にしたお人がいるかもしれませんね」

「拙者が聞いたとおり武士がつれ去ったのなら、なにかわかるのではないかと……」

「早速、お願いしてみます」

恵以の顔がわずかながら明るくなった。

ギャッギャッという声は雨蛙《あまがえる》か。雨雲は見えないが、紫陽花《あじさい》が花をつけて、雨の季節が近づいていることを知らせている。

珠世は目を細めて、近藤が美味《うま》そうに粽《ちまき》をほおばるのを眺めていた。

「もう一杯、いかがですか」

恵以が近藤に麦湯のおかわりを勧める。

「こいつは絶品じゃのう」

「姑《はは》の粽は大人気なのですよ。とりわけ源次郎どののお父上は大好物で、どうしてわかるのか、粽を作ると決まって秋さんか雪さんか源次郎どのがお父上の命をうけてやって来るのです」

「源太夫さまならさもありなん」

「ええ、昔からお腹に目がついておりましたから」

珠世が笑い、恵以と近藤も忍び笑いをもらした。

「秋どのといえば……源次郎の姉さまはなかなかどうして、たいした女子だのう」

「ほんに、源太夫さまの愛娘《まなむすめ》だけあります」

「捨吉ちゃんをつれ帰ったときも、ね、姑上、あれにはおどろきましたね。大鷹から逃げてきたというのですもの」

「しかも卵の話を耳にするや、近藤先生のところへ駆けつけるとは……」

「うむ。必死の形相で、いったい何事が起こったかと仰天したわ」

その話は、さっき聞いたばかりだ。

大鷹の卵の話を聞いて捨吉の着物をおもいだしたのは、恵以ばかりではなかった。秋は、護国寺で捨吉を助けてくれた若侍が近藤の弟子だという話を覚えていた。あの若侍なら、捨吉が木へ登れなかったことも卵を盗まなかったことも了解して、捨吉に災いがおよばないよう手を尽くしてくれるのではないか。

秋は近藤のもとへ駆けつけて、元木宛《あて》の文《ふみ》を託した。

「秋さんなら、文より、自分で話しにゆきそうなものです」

秋は手蹟《しゅせき》が下手だといつもこぼしている。

「ええ。そういう事情があったとは、おもいもしませんでした」

「いつぞやいっていました、きっぱりお断りをしたと。まさか、そのお相手があの凛々しいお侍さまだったとは……」

そう。元木勇五郎は、秋の直近の縁談の相手だった。出世頭の小検使に抜擢されて前途洋々、見目かたちも性格もよいというのに、秋は断ってしまった。さすがに、そんな相手に頼み事をしにゆく勇気はなかったのだろう。

近藤は自分も一筆添えて、源次郎にとどけさせた。そして――それが功を奏して――捨吉兄妹は無罪放免となった。

「捕らわれたものとばかり……百敲きにでもあって、ようやく和らいだ心をまた頑なに閉ざしてしまうのではないかと案じておりました」

「あとは捨吉ちゃん次第ですね。恵まれない子は山ほどおります。その中で、ささやかながらも光明を見つけたのですから、石にかじりついても這《は》い上がってほしいものです」

「ま、奉公はきつかろうし、どこまで踏ん張れるかわからぬが、ここからが捨吉の真価が問われるところだの」

捨吉は、元木の口利《くちき》きで、護国寺界隈《かいわい》の寺社の御用達である石屋の家に、妹ともども預かってもらうことになったという。といってももちろん、下働きのそのまた下働きといった雑用の手伝いだが、奉公先が見つかっただけでも幸運といわなければならない。

「秋さんも安心したでしょうね」

恵以の言葉に珠世もうなずく。

「それにしても、秋ちゃんはちっとも変わりませんね。少女のころから、何度、捨吉ちゃんのような子供のために奔走したか。ムキになってしまうのです、気の毒な人を見ると。そういえば秋ちゃんがほのかに想《おも》いを寄せた人もそうでした」

「ええ、たしかに。元木さまに心が動かなかったわけですね」

「ふむ、なればわしが見つくろうてやるかのう。風采《ふうさい》があがらず、引っ込み思案で、禄高《ろくだか》も低く、とびきり剣術が下手な弟子を……」

「ま、そんなことをしたら、石塚家から末代まで怨まれますよ」

三人は声を合わせて笑った。

五

走り梅雨の季節。

雨が上がった昼さがり、秋は巣鴨へつづく道を歩いていた。

捨吉兄妹が預けられている石屋は巣鴨にある。秋の家からはさほどの道のりではないが、仕事のじゃまをしないようにと母の多津から釘《くぎ》を刺されていた。捨吉は大人たちのなかでつとめをはたすのに必死だろうし、妹も幼いながら子守や庭の掃除をやらされているらしい。気になりつつも、顔を出さないようにがまんしていた。

この日は、兄妹の暮しぶりをたしかめることともうひとつ、石屋夫婦に会って頼みたいことがあった。半日でもよい、いつになってもよいから二人がそろって休みをとれる日があったら知り合いの家へつれていきたい、という頼みだ。

石屋は、界隈の屋敷と寺社の御用を一手に引き受けているだけあって敷地も広く、使用人も大勢いた。様々な形の石が集められている一角のほか、石灯籠《いしどうろう》を作る者、ひき臼《うす》を作る者、四角い石に鑿《のみ》でなにかを彫っている者もいる。

捨吉はそうした石工《いしく》のあいだを飛びまわって、道具を運んだり、余った石を片づけたり、石が動かないように手を添えたりと忙しげに働いていた。

よかった、これなら大丈夫——。

捨吉の明るい顔を見て、秋は安堵《あんど》の胸をなでおろす。声をかけるのはやめて、そのまま母屋《おもや》へむかった。

母屋の縁側では、子供たちがお手玉をしていた。石屋夫婦の子供たちだけでなく職人の子供たちもいるようで、かたわらの夜具には赤子も寝ている。いちばん年上の、痩《や》せこけて青白い顔をした少女が捨吉の妹か。年齢は七つか八つ。たしかに元気潑剌《はつらつ》には見えないが、絶えず笑みがこぼれて、その笑みがまた愛らしく心を和ませる。

秋は勝手口へまわって、台所仕事をしている女たちに取り次ぎを頼んだ。父の源太夫はれっきとした大名家の家臣である。突然、勝手口へあらわれた武家の娘に女たちは動転、秋は丁重に客間へとおされ、石屋夫婦の挨拶《あいさつ》をうけることになった。

「すみません。皆さんがあまりに忙しそうだったので……玄関より勝手口のほうがよいかとおもい……」

「めっそうもございやせん。見苦しいところをお見せいたしやした」

石屋の親方は手拭でしきりに汗を拭《ふ》いている。

「それで、ご用向きとは……」

女房も小太りの体を不安そうにゆすりながらたずねた。

ひと目見たときから、秋は夫婦に好感を覚えている。

「捨吉ちゃんとは、ひょんな縁で知り合ってからなんだか身内みたいな気がしてしまって、放っておけないのです」

秋が切り出すと、親方は感心したように小鼻をひくつかせた。

「元木さまも物好きなお武家さまだとあきれておりやしたが、お嬢さまも負けず劣らず……」

「おまえさんッ。そんなことをいうもんじゃ……」

「とりつくろったってしかたがねえや」

親方はひとつ頭を下げてから、膝に両手をおいてぐいと身を乗り出した。

「正直なところ、元木さまから身寄りのない兄妹を預かってくれと頼まれたときは、内心やれやれと舌打ちをしました。安藤さまにはお世話になっておりやすから、どのみちお断わりはできやせん。ですが、いざつれてこられたときはもっとびっくり、小汚いし、礼儀も知らねえし、こんなガキを押しつけていったいどうせよというのかと……」

「おまえさんってば」

「いいからつづけてください」

「へい。はじめは元木さまをお怨みいたしました。けど実際に預かってみると……なに、あの坊主《ぼうず》は力惜しみせずによく働く。職人たちにも可愛《かわい》がられて、気がつけばけっこう役に立っているんでございます」

「それに妹のおちかだってね、ただにこにこしているだけなのに、子供たちはなつくし、女衆も声を荒らげることが少なくなったみたいで……」

おもったとおりだった。捨吉兄妹はすっかりこの家になじんでいるようだ。秋は安堵の息をつく。今度はこちらから頼みごとだと居住まいを正した。

「それで、今日はお願いがあって参りました。わたくしの知り合いが二人を……」

最後までいわないうちに、石屋夫婦は申し合わせたように両手をついた。

秋は目をみはる。

「そんなことじゃねえかと案じておりやした。ですが、ここはなにとぞ……」

「せっかく馴《な》れてきたとこでもあるし、あたしらもなんだか手放すのが惜しくなっちまって……ねえ、おまえさん」

「へい。そのお知り合いにはなんとか……」

「わたくしはなにも……」

「やっぱりねえ、心配してたとおりだね、おまえさん」

「ああ。元木さまがあんなことになっちまったから、あっしらもどうなることかと案じていたんですがね……」

秋ははっと耳を澄ませた。と、同時に手のひらを見せて待ったをしている。

「お待ちなさい。今、なんと？　元木さまがどうかなさったのですか」

夫婦はまたもやおどろいたように目を瞬いた。

「あんなこととは、なんですか」

秋が重ねてたずねると、親方は深々とため息をつく。

「いつかはこんなことになるんじゃないかと心配しておりやした。あのお方は、まっすぐなご気性で、曲がったことがお嫌い、しかも筋を通そうとして目上のお方に楯突《たてつ》いたらしく……」

「それにしたってねえ、小検使さまになられたばかりなのに、こんなにすぐにお役御免じゃ、面目丸つぶれですよ。お気の毒に。どんなに落胆しておられるかとおもうと……」

「あの元木さまのことだ。泣き言はおっしゃらんだろうが……腹が立ちまさぁね、だれが悪口を並べたてたんだか知らねえが、そんな者の言い分を聞くほうも聞くほうでさ」

秋は胸に手を当てた。

「元木さまは、小検使役を解かれてしまわれたのですか」

「おや、それでいらしたんじゃないんですか。元木さまがお気をまわされて、あの子たちの新しい預け先を見つけられたっていうんじゃ……」

「いいえ、そうではありません」

秋はようやく本来の話に入ることができた。捨吉兄妹をとりあげるために来たのではないとわかって、石屋夫婦は安堵したようだ。あらかじめ連絡をくれればいつでも半日二人をつれだしてよいと快諾してくれた。

「あれ、二人に会っていかなくてよろしいんですか」

「おい、呼んできてやれ」

「いいえ。いまはおつとめに励んでいますから、今日のところはこのまま……。あの子たちのこと、よろしゅうお願いいたします」

秋はそそくさと石屋をあとにした。

急きょ、寄るべきところができたためだ。

雨のあとの木々はきらきらとかがやいて、たった今、生まれた赤子のようにみずみずしい。地面からも草木からも生々しい命の匂《にお》いが立ちのぼって、秋はおもわずむせ返りそうになる。

喬木《きょうぼく》に大鷹《おおたか》の巣はなかった。

見物人ももういない。

秋は梢を見上げた。

ヒナは巣立ってしまったのか。それとも大鷹がどこかへ巣を掛けかえたのか。あるいは、ヒナは生まれなかったのか。卵は……ほんとうにあったのだろうか。

捨吉と二人、手をつないで、大鷹の攻撃から一目散に逃げたときの光景がよみがえる。巣もなく大鷹の姿もない今は、それすら幻のようにおもえる。

でも、たしかに、大鷹はこの木に巣を掛けた。

秋はぐるりと喬木のまわりをまわってみた。両手のひらで太い幹をどんどんと叩いてみる。それから木に背をもたせて、両手をいっぱいにひろげてみた。

「ああ、わたしは、なにをしたいのかしら」

したいことがあるのに、ちゃんと望みがあるのに、今の今まで気づかなかった。

秋ははじめて大鷹の巣を見に来た日のことをおもいだしていた。

恵以さまがいて、近藤先生がいて、捨吉ちゃんがいて……そして、元木勇五郎さまがいた。元木さまの顔を見ないようにしたのは、むこうはわかるはずがないけれど、わたしは断ったばかりの縁談の相手だと気づいていたからだ――。

元木は出世頭だった。皆から羨望《せんぼう》されていた。あの日の颯爽《さっそう》とした姿ときたら……。ところが妬《ねた》まれ、足を引っ張られてお役を解かれてしまった。小検使役でなくなっても安藤家の家臣であることに変わりはないが、出世は遠のく。噂はあっという間にひろまり、家中の者たちからは憐《あわ》れみや蔑みの目で見られるにちがいない。

秋の両親はどうおもうか。決して口にはしないものの、娘が縁談を断ったのは先見の明があったからだと内心では安堵する。評判がぐんと落ちて、しかも失意の最中《さなか》にある男に、愛娘を嫁がせたいとおもう親はいない。

「でも、わたしは……」

秋はもう気づいていた。あの日、目の前にいるのが縁談の相手だとわかったあのとき、元木の顔を見ないようにしたのは、凜々しく頼もしい元木その人にも、捨吉を救った胸のすくような行為にも、大いに感銘をうけたからだ。縁談を断ったことがまちがいだったと悔やむ自分が、許せなかったのである。

「なんて天邪鬼《あまのじゃく》……」

珠世小母さまならそういうだろうとおもったら、なにやらおかしくなった。秋は笑った。両手の甲で涙をぬぐう。

自分の心とむきあうのは容易ではない、けれど——。

背すじを伸ばし、ゆるがぬ決意を抱いて、秋は家路についた。

六

紫陽花が咲いている。狭い庭に見合う、ほんのひと群れの空色の紫陽花。

紫陽花は植えられた土地によって花の色を変化させるというが、秋はこれから、何色の花を咲かせるのか。

珠世はえくぼを浮かべた。

源太夫は心配で食事も喉《のど》をとおらないとこぼしながらもいつもどおり大食いをしているし、多津は、これでよかったのです、ときっぱりいいながらも不安を隠しきれない様子。両親にとって喜びと不安は合わせ鏡のようなものだから、これはいたしかたない。

登美はあからさまに反対した。お役を解かれたばかりで、この先、出世の望めぬ男などもってのほかというわけだ。次左衛門も首をかしげた。が、恵以は大賛成だった。

「はじめて会うたときから、秋さんにぴったりだとおもいました」

すっかり元木が気に入ったようだ。

伴之助はむろんよけいなことはいわないし、久太郎は恵以が認めるなら反対はしない。源太郎と源次郎は秋が結婚する話をいまだ冗談だとおもっているようで、一方の雪は自分のことのように大喜びをしている。つまり、まわりの考えや思いは一様ではないが、秋は、たとえだれになんといわれようと動じなかった。そういう娘である。

「小母さま。なにを見ていらっしゃるのですか」

秋がうしろに来ていた。

「秋ちゃんの明日、何色の花が咲くかしらとおもって」

「ご心配なく、小母さま、とびきりきれいな花を咲かせてみせます」

「心配などしませんよ。それでこそ、秋ちゃんですもの」

珠世がいったとき、木戸が開いた。皆がいっせいにそちらを見る。

「あ、乙吉さんが来たッ。乙吉さーん、こっちこっち」

秋は童女にかえったように両手をふりまわした。

珠世もうきうきと腰を上げる。

この日の乙吉は、いでたちまで藤助とそっくりだった。赤や緑、黄色や白の蛇の目模様の派手派手しい傘を手にして、小袖《こそで》に裁付袴《たっつけばかま》、首からはしゃぼん玉の入った箱をぶら下げている。もちろんもう一方の手には、しゃぼん玉を飛ばすための葦《あし》の茎《くき》を持っていた。

そう、乙吉の余興とは、藤助のかわりに、一日だけしゃぼん玉売りをやって見せることだった。いつのまにか春はすぎてしまったが、元はといえば、春に生まれた沙耶のためにしゃぼん玉を見せてやるようにと、藤助に命じられたという。

遅れついでに、捨吉とおちかの兄妹を招くことができたのも幸いだった。しかも、おかげで秋の縁談が決まった祝いもできる。一石三鳥。

「玉や玉や玉やーッ」

美声でならす乙吉が声を張り上げると、わーいと歓声をあげて捨吉が駆けてきた。沙耶の手を引いて、おちかも乙吉のそばへ駆け寄る。

乙吉は空へ顔をむけていきおいよく葦を吹いた。五色のしゃぼん玉が花火のように咲き散る。

「わーきれいッ」

子供たちは両手をあげてしゃぼん玉をつかもうとした。秋も負けじとばかり、真剣な顔でしゃぼん玉にふれようとする。

しゃぼん玉は、すぐに消えてしまうけれど――。

珠世は着物の上から、刺し子の巾着《きんちゃく》をおさめたところに手を当てた。

遠い三河国にいる藤助に、この感謝のおもいがとどきますように、と祈りながら。

第三話　黒船

一

夏のさかり、ゆらゆらと陽炎《かげろう》がもえたっている。

珠世《たまよ》は台所から茶の間に目をやって忍び笑いをもらした。

登美《とみ》と松井次左衛門《じざえもん》が、少しでも風がとおるようにと障子を開け放した座敷の縁近くに並んで、庭を眺めている。日ごろはああいえばこういうとつっかかることの多い二人だが、今は口を開くのもおっくうなのか会話はない。そればかりか、ことのほか暑さに弱い登美のために、次左衛門が団扇《うちわ》であおいでやっていた。

登美は珠世の従姉《いとこ》で、家督を継いだ養子とそりがあわず家を出てきた。片や次左衛門は珠世の息子の嫁で矢島家の家刀自《いえとじ》、恵以《えい》の元家臣である。居候《いそうろう》の二人だが、こうして並んでいる背中は長年つれそった夫婦に見えなくもない。

そっとしておこうか。ちらりとおもったものの――。

「お二人さん。冷たい西瓜《すいか》をどうぞ」

声をかけたとき、おもてであわただしい足音がした、とおもうや、玄関に人が駆け込んできた。

「恵以ッ。母上ッ、おられますか」

矢島家の当主、珠世の嫡男《ちゃくなん》の久太郎《きゅうたろう》である。

珠世はどきりとした。

今朝も夫の伴之助《ばんのすけ》と久太郎はつれだって御鷹《おたか》部屋御用屋敷へ出かけていった。伴之助は隠居の身だが、まだ家にこもるほど高齢ではないので後輩指導の御用をつとめている。

伴之助になにか……。血の気の引くおもいで玄関へ出て行くと、久太郎が頰を上気させ、息をはずませていた。

「母上。異国船です」

「え？」

なんのことやらわからない。

「一昨日《おととい》、異国の船が浦賀沖へ来航したそうです。目下、停泊中……これまでだれも見たことがないような、とてつもなく大きくて真っ黒な船だとか。それも四隻《せき》。ご公儀は右往左往しているそうです」

まあ……とつぶやいたきり珠世はあとの言葉がつづかなかった。伴之助が無事だとわかって安堵《あんど》したのが正直なところで、異国船が来航しようがしまいがどうでもよいことのようにおもえる。戦をしかけてきた、ということか……。

「戦、に、なるのですか」

「いえ、それはないでしょう、少なくとも今すぐには。しかしわれらには及びもつかぬ武器弾薬を備えておるようで……。船足も飛ぶがごとく、なににせよ、手強《てごわ》い相手のようです」

海岸沿いの村々では早くも逃げだす算段をしはじめた者がいるらしい。江戸市中は早晩、大騒ぎになるはずだと久太郎は説明した。

「恵以と沙耶《さや》はどこですか」

「石塚家へ出かけています。秋《あき》ちゃんの祝言《しゅうげん》の相談をしたいと、多津《たづ》どのから頼まれていたもので……」

「もうひろまっているやもしれませんが、帰ったら、騒ぎが鎮《しず》まるまでは遠出をしないようにと伝えておいてください」

ここ雑司《ぞうし》ケ谷《や》は江戸城の北方で海からは遠い。が、詳細がわからないため、一概に安心とはいいきれない。

「そなたは？」

「御用屋敷に戻ります。父上もしばらく詰めることになるかと……」

「承知しました。なにがあってもあわてぬよう、皆にいい聞かせておきます」

西瓜で喉《のど》をうるおしてゆくようにと珠世は勧めたが、久太郎はそんな場合ではないと断った。履物を脱ごうともしない。

「そこの辻《つじ》で石川幸三郎《こうざぶろう》どのを待たせています。石川どのが、家に報《しら》せて来いといってくれたのです」

そういうや、もう駆けだしている。

「異国の船……」

珠世は玄関の式台に膝《ひざ》をついたまま首をかしげた。ここ数年、異国船来航の話をしばしば耳にする。それがいよいよ現実に迫ってきたということは、いったいなにを意味するのか。

ふと気がつけば、次左衛門と登美も茫然《ぼうぜん》とした顔で久太郎を見送っていた。

「聞いたとおりです。わたくしにはなにやら……」

珠世に最後までいわせず、次左衛門は拳《こぶし》をにぎりしめた。

「いや、いやいやいや、心配はご無用。ここは拙者がお守りいたす。異人どもが攻めて参らば、斬《き》っては投げ、投げては斬り……」

「なにもさようなことは……」

「いいや、今のうちに刀を研いでおかねば。久々に腕がなってござる」

「さようですよ」と、登美も裾《すそ》を払って立ち上がる。「わたくしもこうしてはいられません。いざというときのために荷物をまとめておかなければ」

次左衛門と登美はさっきまでのけだるげな様子から一変、せかせかと奥へ入ってしまった。

「異国船……ねえ」

飛ぶがごとく航行するという巨大な船を、珠世はおもい描いてみる。

久太郎がわが家へ立ち寄って黒船来航の第一報をとどけていたおなじころ、石塚家も黒船の話題でもちきりだった。

石塚家は大名家の下屋敷内の長屋に住んでいる。上屋敷から報せがとどくや屋敷内は騒然、源太夫《げんだゆう》や源太郎《げんたろう》はもちろん、屋敷内にいる家臣は全員が広間に呼び集められた。

「母上。恵以小母《おば》さま。異国が攻めてくるということは、元木さまも戦にかりだされるのでしょうか」

秋が早くも夫となる人の身を案じれば、雪《ゆき》も身ぶるいをして、

「わたくしたち、どこへ逃げればよいのですか」

と、沙耶の小さな体を抱きしめる。

多津と恵以は顔を見合わせた。

「まさか、さようなことにはなりませんよ。ねえ、恵以さま……」

「ええ。船が来航しただけですもの」

「でも、とてつもなく大きな船だと……」

「火だか煙だかを噴き上げて……大砲を撃ったら千代田のお城が吹き飛んでしまうのではないかと、おとなりの小母さまがいっていましたよ」

「心配はいりません。そのために海防掛《かいぼうがかり》が設けられているのです」

ここ数年、琉球《りゆうきゆう》ばかりでなく、わが国の近海には次々に異国の船が来航。危難を察知した幕府は川越藩、忍《おし》藩、彦根藩、会津藩などの諸藩に江戸湾の警備を命じ、海防に力を注いでいる。

「万が一ここまで攻めてきたら、わたくしが追い払います」

多津はかつて女剣士としてならしていた。剣術の真似《まね》をして見せたのは、子供たち

を安心させるためだ。

「多門《たもん》も、戦います」

母を見て、七歳の多門も声をあげた。なにか大変なことが起ころうとしていると、幼心にもわかったようだ。母の真似をして両手で見えない剣をふりあげる。

いつもなら笑いが巻き起こるはずが、今はだれも笑わなかった。長屋のあちこちからざわめきが聞こえている。どこまで話はひろまっているのか。

「源次郎《げんじろう》どのは剣術の稽古《けいこ》ですか」

「ええ。近ごろは市ヶ谷の試衛館《しえいかん》に通っております。あちらへも早晩、報せがとどきましょう。血の気の多い者たちがそろっていますし、何事もなければよいのですが……」

多津は眉《まゆ》をひそめた。

「近藤先生がおられます。ご安心ください」

いってはみたものの、当の恵以も、うなずいた多津も、好奇心のかたまりのような源次郎のことがにわかに気になりだしていた。

「じっとしているとはおもえません」

「なにが起こっているか、たしかめたいとおもうはずです」

「よもや……船を見に行く、とでも……」

「行きとうても、浦賀は遠すぎます」

そんなことをいい合いながらも、二人は源次郎の上気した顔をおもい浮かべている。

二

「はい、はいッ。参ります」

「おうッ。皆、急げ。源次郎、おぬしはどうする?」

源次郎は家族をおもってほんの一瞬、ためらった。が、噂《うわさ》だけでは実際になにが起こっているのか見当がつかない。品川あたりまで行けば様子がわかるはずだといわれれば、自分だけ置いていかれてなるものかと肩に力が入っていた。

「おいッ、行くぞッ」

試衛館に弟子の一人が駆け込んできて異国船の来航を報せたのは、六月五日の昼さがりだった。異国船は四隻、三日の夕刻、どこからともなくあらわれて浦賀沖に停泊、幕府の役人たちと早速なにやら交渉をはじめているという。目下のところ攻撃してくる気配はないようだが、海岸近くの住民は怯《おび》えきって逃げだす者もいるらしい。そんなところへ行けば、まかりまちがって危難に巻き込まれる心配も……。

だが道場主の近藤周助《しゅうすけ》は、様子を見に行こうと逸《はや》る若者たちをあえて止めようとはしなかった。止めても無駄とおもったか。若者は見聞をひろめるべしとかねてよりいっているため、今さら反対もできぬと腹をくくったのかもしれない。

「田舎道場の芋弟子らしゅう、じっくりと、出しゃばらず、腰を据えて見聞して参れ」

江戸の三大道場といえば、北辰一刀流《ほくしんいっとうりゅう》の玄武館《げんぶかん》と神道無念流《しんどうむねんりゅう》の練兵館《れんぺいかん》、鏡新明智流《きょうしんめいちりゅう》の士学館《しがくかん》である。天然理心流の試衛館はとうてい三館には及ばない。しかも江戸近郊まで出稽古におもむくことから「田舎道場」だ「芋道場」だと低くみられがちだった。ただしそのぶん、型や技ではなく実戦を重んじ、足腰を鍛えて地道な稽古に励む泥臭さでじわじわと弟子の数を増やしている。近藤が「田舎道場の芋弟子」といったのは、単なる謙遜《けんそん》や卑下ではなく、どこへ出向いても地に足をつけて軽はずみな行いはするなという戒めでもあった。

「源次郎。心配はいらぬ」

「先生……」

「家の者には報せておいてやる」

「はいッ」

近藤の非凡な目は、このたびの異国船の来航が国の未来を左右する大事であることを、無意識のうちに見ぬいていたのかもしれない。

近藤の養子の嶋崎勝太《かつた》を筆頭に弟子たち十数人は、どうせ行くなら早い方がよいと、握り飯と竹の水筒を腰にしただけであわただしく出かけて行った。品川宿は御府内だから旅というほどの道のりではなし、たとえ野宿をすることになってもこの季節なら凍える心配はない。

一行は外濠《そとぼり》沿いの道を品川宿へ向かった。四谷、赤坂をぬけて溜池のかたわらをとおりすぎる。武家屋敷が建ち並ぶ道はいつもどおりひっそりとしていたが、ときおり早馬が駆けぬけたり、数人の武士、ときには数十人の武士がざわざわと追い越していったり、ただならぬ気配も感じられる。

「やあ、矢田部《やたべ》ではないか」

「おう、赤井《あかい》か。おぬしらも異国船見物か。物見高いのう」

「おぬしこそ野次馬ではないか。先生もごいっしょか」

「いや、勝先生は昨夜のうちに出立《しゅったつ》された」

源次郎のとなりで、弟子の一人がとおりすがりの若者と話していた。若者が遠ざかるや、別の一人が「だれだ？」と訊《たず》ねる。

「氷解塾《ひょうかいじゅく》でいっしょだったやつです」

「ほう、そこの蘭学《らんがく》塾か」

「勝先生のことです、なにをおいても駆けつけるだろうとおもうていました」

赤坂田町の氷解塾は、勝麟太郎《りんたろう》という幕臣が開いた私塾である。蘭学を学ぼうという若者でにぎわっているらしい。

「皆、急げッ。日が暮れるぞ」

勝太にうながされて一行は足を速める。

増上寺をすぎれば金杉橋だ。このあたりから人の往来も忙《せわ》しくなってきた。異国船に怯えて逃げだす者がいると聞いていたが、たとえいたにしろ、野次馬に比べれば微々たる数だろう。こんなにも大勢、好奇心をむきだしにした若者たちが江戸にいたのかと、源次郎は自分のことを棚に上げて感心しきりだ。

品川宿までの道は、日暮れ時にもかかわらず混み合っていた。となれば、商魂たくましい商人が降ってわいたようにあらわれて、「ひゃっこい水、ひゃっこい水だよ」だの「へい、提灯《ちょうちん》でございい」「草鞋《わらじ》はいかがで、丈夫な甲掛《こうが》け草鞋」……中には怪しげな紙の筒を望遠鏡と騙《だま》して売りつけようとする輩《やから》までいた。辻々では早くも瓦版《かわらばん》が売られている。機を見るに敏とはまさにこのこと。

品川宿へ着いたものの、異国船は見えなかった。日没を迎えて海上は薄闇《うすやみ》につつまれている。浦賀沖に停泊中だとしたら、ここで待っていてもしかたがない。といって収穫のないまま来た道を引き返す気にはなれなかった。

「浦賀へ行くぞ。来たい者はついて来い」

勝太はもう歩きだしている。

どのみち旅籠《はたご》は満杯だろう。木賃宿にしたところで、足元を見られて破格の銭を要求されるのは目に見えている。それなら行けるところまで行って、へたばったところで野宿をするほうが賢い。

「幸い月が出ている。神奈川あたりまでは行けるだろう。夜明けを待って舟に乗れば、その日のうちに浦賀へ着ける」

試衛館の一行以外にも浦賀を目指す者は少なくないようで、夜が更《ふ》けても人通りは絶えない。すれちがったり追い越したりしてゆく早馬や早駕籠《はやかご》もひっきりなしで、不安や恐怖よりも祭のような高揚感があたりを支配していた。実際のところはだれ一人、なにが起こっているか、起ころうとしているのか、わかってはいない。

神奈川宿までは順調だった。が、ここから舟に乗る計画は変更せざるをえなかった。

ふところ具合に見合うような舟はない。

「山越えをするしかなさそうだのう」

高い山ではないものの、ここからは足場のわるい難所つづきの山道だと聞いていた。剣術で鍛えている若者たちとはいえ、歩きどおしなので疲れや眠気とも闘わなければならない。左右の枝を払い、石ころにつまずきながら、一行は黙々と山道を進む。

「この山を越えれば浦賀だ。あとひとふんばりだぞ」

「頂へ登れば船が見えよう。さぁ、行くぞーッ」

目的地が近づいてくるや気力がよみがえってきたのか、朝靄《あさもや》の中を駆けだす者もいた。他人のことなど、だれも目に入らない。

源次郎は後れをとった。途中で一度ならず足を滑らせたり石につまずいたりした上に、足にできたマメが痛むせいもあって次第に歩みがのろくなり、それを口に出せずに歯を食いしばっているうちにいつのまにか一人になっていた。もしそうでなければ、体勢をくずした拍子につかんだ枝が折れて峡谷へ転落したとき、だれかが気づいて、助け上げてくれたはずである。

ごろごろと崖《がけ》を転がり、川へ落ちる寸前で止まった。しばらく気を失っていたようだ。気づいたときは枯れ木に片足を引っかけた不自然な格好で倒れていた。下になった頭の耳元で、はじめは川音だとわからないほどの大きな水の音を聞いている。人の気配はなかった。全身が砂袋になったように重く、しかもずきずき痛む。助けを呼ぼうにも声が出ない。

頭がはっきりしてくるにつれて事態の深刻さがわかってきた。自分がいないことなど試衛館の連中は頭に血がのぼっていて気づかないだろう。姿がないとわかったとしても、異国船を見物する好機を棒にふって自分を捜しに引き返してくる者がいるとはおもえない。

このままではどうなるか。考えただけでふるえがきた。

真夏だというのに全身に悪寒《おかん》が走る。

源次郎は、なんとか自力で這《は》い上がろうと試みた。が、半身を起こすことがどうしてもできない。

「くそッ。なんてこった」

木にぶら下がった芋虫のごとく必死にもがき、疲れ果てて息をあえがせる。何度、徒労をくり返したか。いよいよ気力も萎《な》えかけたときだった。上方でガサガサと音がした。熊《くま》か、猪《いのしし》か。恐怖のあまりみはった目に飛び込んできたのは、人間の男だ。

男は上背があり、筋骨がたくましい。年齢は二十代半ばから三十そこそこといったところだろう。異国船を見物に来た武士の一人か。小刀を腰に差し、背中に長刀をかついでいる。腰に竹筒を下げているところからして、おそらく川へ水を汲《く》みに下りて行くところにちがいない。源次郎が転げ落ちた地点より多少は上り下りしやすそうな斜面を下りようとしている。

「おい。おいッ。おおーいッ」

ようやく声が出た。

男はびっくりして目を泳がせた。総髪に不精ひげは一見強面《こわもて》だが、双眸《そうぼう》は明るい。

「おう、転げ落ちたか。よし。今、助けてやる。じっとしておれ」

腰に巻いていた縄の端を近場の木に結びつけたのは、すべり落ちそうになったときの用心。少なくとも源次郎よりは山道に馴《な》れているようだ。

男は慎重に源次郎のもとへ下りてきた。上半身を抱き起こし、自分の腰に巻いていた縄を源次郎の腰に結び直して、「これで魚の餌食《えじき》にならずにすむぞ」と笑顔を見せた。邪気のない笑顔は近くで見ると童顔で、おもったより年齢も若そうだ。

「動けるか」

「はい。なんとか」

「さすれば助けを呼ばずともよいの。おっと、水を汲むまで待ってくれ」

男は慎重に川べりへ下りて竹筒に水を汲んだ。けっこうな急流である。もし川へ落ちていたら、川の藻屑《もくず》となるか、遠く海まで流されていったかもしれない。源次郎は今さらながら背筋を凍らせる。

「あ、危ないッ。気をつけよ」

源次郎はおもわず声をかけていた。男が川へ流されれば自分もお陀仏《だぶつ》である。

男は白い歯を見せて笑いながらもどってきた。

「堤颯馬《つつみそうま》は己を心得ておる。飛び込むことはあっても足を取られはせぬわ」

「堤颯馬どのと仰《おお》せになられるのですか。では『そうま』は颯爽《さっそう》たる馬ですね」

「ほう。ようわかったの」

「名は体を表すと申しますから。あ、それがしは石塚源次郎」

颯馬はうなずいた。

「源次郎……ようある名だが、ま、踏ん張りはききそうだ。行くぞ」

源次郎は颯馬の助けを借り、縄をたぐりながらやっとのことで崖の上へもどった。体のそこここに鈍痛はあるものの、動かしてみるとさほど支障はない。

「助けていただかなんだらどうなっていたか……。堤どのは恩人です」

「颯馬でよいわ」颯馬は苦笑した。「その足では歩けまい。どれ、診てやろう」

膏薬《こうやく》を持っていた上に、真新しい草鞋まで携えていて履かせてくれた。困っている者を見捨てておけない男なのだろう。

「で、これからどうする？　舟を頼んで江戸へ帰るか」

「ここまで来たのです。どこからでも、なんとしても、たとえ這ってでも、ひと目、異国船を見てからでなければ帰れません」

颯馬は少し考え、それから「よしッ」と手を打った。

「頂まで行こう。肩を貸してやる」

「まことですかッ」

「おれがおぬしでも帰りとうはない。乗りかかった舟だ。案ずるな」

二人は山頂を目指しつつ、異国船が遠望できる場所を探すことにした。

源次郎は、問われるままに、家族や試衛館の話をした。一方の颯馬は自分の話になると口が重くなったが、それでも川越松平家の家臣である父親が目下、この近くの大津の陣屋で江戸湾警備のお役についていることと、自身は江戸へ出て剣術の腕を磨きながら佐久間象山《さくましょうざん》の塾へ顔を出していることなど、ぽつりぽつりと打ち明けた。

「颯馬どのは船を見たあと、お父上のところへ行かれるのですか」

「そのつもりだ。ともあれ、今は自分がお国のためになにができるか、そのことだけを考えておる」

源次郎はおどろいて颯馬の横顔を見る。

「なにが、できるか、ですか」

そんなことは考えもしなかった。異国船と聞いてすっ飛んできたのは、試衛館の連中に声をかけられたのと近藤先生が背中を押してくれたからだ。この国がこれからどうなるか、それを決めるのはお上で、自分たちにはかかわりがないとおもっていた。

「異国が攻めてきたら、むろん、拙者も戦うつもりですが……」

「国を守るのは当然として、いかに守るかは皆、自分の頭で考えなければならぬ。つまり他人《ひと》任せにするなと象山先生は仰せられた」

「そう……なのですか。拙者にはさようなことはわかりかねますが……」

それ以上つづける前に視界が開けた。二人は山頂へ来ている。

「なんだ、見えませんね。早々に逃げ帰ったのやもしれません」

浦賀のある南の方角を見て落胆の声をもらした源次郎は、すぐさま颯馬にまちがいを正された。

「見ろ。あっちだ。おそらくあの黒いやつが異国船だろう」

颯馬の指の先に目をやると、海上のかなたに黒い豆粒が四つ、均等に撒《ま》かれているように見えた。あれが異国船か。細かいところまではわからないが、そのうちの一隻は灰白色の煙を噴き上げている。

「もう少し早ければもっとよう見えたかもしれません。残念至極」

源次郎はため息をついた。が、颯馬はなにもいわない。源次郎に貸した肩がこわばっている。

「颯馬どの……」

「ここにだれもおらぬのは、皆、今度は品川へすっ飛んで帰ったからだ」

「え？」

「よう見ろ。あの船は江戸の内海を航行している」

あッといったきり、源次郎は絶句した。異国船の船団が江戸の内海を航行するとはどういうことか。江戸のどこかへ強引に上陸しようとしているのではないか。それとも、近海から砲弾をぶっ放すつもりか。

事の重大さを想像して源次郎も蒼《あお》くなった。もちろん颯馬がいうように、異国船の航行を目の当《ま》たりにすれば、こんなところでのんびり海を眺めてはいられない。

「おれは大津陣屋へ行って父と話してみる。今は私事にかまけておるときではない。為《な》すべき事があれば家中の者たちと行動を共にする」

もっとも至極。だが源次郎は困惑した。異国船が江戸湊内《えどみなと》を航行しているなら、浦賀へ行ってもはじまらない。品川まで引き返すしかないだろう。どうやって……眉間《みけん》にしわをうかべたときだ。

肩から源次郎の手をはずして、颯馬はがばと地面に両手をついた。

「おぬしに、たっての頼みがある」

「な、なんですか、いきなり……」

「品川宿へもどったら――いや、心配無用、舟賃はおれが出す――もし、まだ、何事も起こっておらなんだらおれの……妹を、安全な場所へ避難させてはもらえぬか」

「妹……」

源次郎は目をしばたたいた。

「大怪我《おおけが》をしての、片足が不自由なのだ。なんぞあったとき逃げ遅れるのではないかとおもうと士気も鈍る。引っ越して間がないゆえ、知り合いもおらぬ」

どのみち品川宿へ引き返そうとおもっていた。海沿いの町々は異国船の接近で鎮まるどころかなおいっそう喧《やかま》しさを増しているにちがいない。が、戦さえはじまっていなければ、女一人つれだすくらい、どうということはないはずだ。

いずれにしても颯馬には恩がある。頼まれて否《いな》とはいえなかった。

「承知しました。それで妹さまを、いずこへ、お送りすればよろしいのですか」

颯馬の妹なら川越の実家かとおもったが、颯馬は思案に暮れている。事情があって実家へは帰れないといいにくそうに打ち明けた。つまり、行く宛《あて》がないということか。

「十分ではないが銭はある。今、文《ふみ》を認《したた》めるゆえ、どこか、落ち着けるところを見つけてやってもらいたい。このとおり、おぬしを見込んで、お頼みいたす」

颯馬は今一度、深々と頭を下げた。

「わかりました。そういうことならお任せください。幸い痛みも和らぎました。できるだけ早う品川へもどって、妹さまをお迎えに参ります」

「かたじけない。これで後顧《こうこ》の憂《うれ》いがのうなった」

颯馬は住まいと妹の名を教え、妹宛の文を認めて源次郎へ託した。

海上に目をやれば、豆粒はもう黒い点になっている。

三

きゃらきゃらと愉《たの》しげな笑い声につられて運針の手を止めた珠世は、次の瞬間、両頰に刻んでいたえくぼを消した。

矢島家の茶の間の一隅で、登美が沙耶にお手玉を見せてやっている。沙耶がそれで笑っているのはよいとして、問題は二人の膝元に置かれた紙片だった。

瓦版である。天狗《てんぐ》もどきの奇怪な顔が描かれていた。三つの子供にはなんの絵かわかるはずもなし、怖がりもしないだろうとわかっていたが、珠世はこのような絵が茶の間に置き去りにされていることが不愉快だった。

「登美さま。その絵……」

「ああ。次左衛門どのがどこからか持ち帰られたのですよ。ほほほ、これじゃ、天狗の化け物だ。いえ、実物はもっと恐ろしいそうで……」

「おやめください。ああだこうだと根も葉もない噂ばかり」

「おや。そうともかぎりませんよ。火のないところに煙は立たぬってね」

「だとしても、なにも人様の顔を笑いものにしなくても……」

「人様？　まぁ、あきれた。人じゃありませんよ、異人は異人、化け物です」

「いいえ、異人も人で……」

いいかけて、珠世は次の言葉を呑《の》み込んだ。登美といい争いをしてもはじまらない。

わかっているのに、どうして今日にかぎって咎《とが》めだてをしてしまったのか。

異国船は今や黒船とはやされて、その噂は御鳥見役《おとりみやく》の組屋敷でももちきりだった。

となれば推して知るべし。次左衛門が集めてくる噂や評判を待つまでもなく、海べりの町々は近来にない大混乱にちがいない。

「沙耶。登美さまはあやとりもお上手なのですよ。教えておもらいなさい」

「あやとり？　沙耶はお手玉がいい」

「はいはい。では沙耶どの、沙耶どのにもお手玉をお教えしましょう。ほうれ、こうして上にぽんと放り投げて……」

登美は登美なりに、居候であることに肩身の狭いおもいをしている。子供は苦手と公言してはばからない登美が別人のように沙耶を愛《いつく》しんでいた。瓦版がここにあることは、なにも登美の落ち度ではない。

「さてと、わたくしはお参りに出かけましょう。登美さま、沙耶をお願いいたします」

珠世は腰を上げた。

鬼子母神《きしもじん》へ詣《もう》でるのは珠世の日課で、悪天候ややむをえない用事で行かれない日以外は欠かさずつづけている。とりわけ世の中が騒がしい昨今は、平穏な心を保つための貴重なひとときだった。

縫い物をかたづけ、ついでに瓦版をたたんで人目につかないところへ持ってゆこうとすると、登美に呼び止められた。

「また、あの、おりんどのでしたっけ、ごいっしょですか」

「ええ。兄さまのことが心配で、じっとしていられないようですから」

「兄さま、ねえ……どこまで本当か……あ、いえ、もし源次郎どののことを案ずるのでしたら、早々に身許《みもと》調べをしておくことですよ」

登美のいつものお節介がはじまったと珠世は苦笑する。

「さような心配はいりません。源次郎どのは、山道で助けていただいた川越松平家のお侍さまに頼まれて、そのお方がもどられるまでお預かりするという約束でお妹さまをここへつれていらしただけですもの」

「ま、わたくしが口をはさむことではありませんが、お二人が立ち話をしているところを何度か見かけたと次左衛門どのが話していましたよ。おりんどのはほら、男好きのしそうなお人ですしね、源次郎どのはすっかり心を奪われているご様子だったとか……」

「おやめください、さような邪推」

黒船騒ぎの最中《さなか》である。堤颯馬という侍の妹おりんを預かってくれと源次郎から両手を合わせられたときは、珠世も正直おどろいた。石塚家は大名家の長屋住まいで、おりんを居候させる余裕はないし、だいいち居候を迎える許可を願い出るにも手間がかかる。その点、矢島家なら支障はなかった。しかも来る者拒まずの珠世が親身になって世話をしてくれる。源次郎が迷わず矢島家を訪ねたのは妥当な判断だった。珠世は亡《な》き父が使っていた座敷――今は伴之助の書見部屋――をかたづけて、三人目の居候を迎え入れた。

それが六月七日。六日には黒船が品川沖まで航行してきたそうで、それまでは大騒ぎをしながらもどこか対岸の火を見るような顔でうかれていた人々は、今度こそ色を失った。源次郎がおりんを捜しだして矢島家へ伴なったときは、半鐘が鳴り、荷車に家財を積んだ人々が泡を食って逃げまどう大混乱の最中だったという。

聞くところによれば、黒船が品川沖へ侵入したのは攻撃のためではなく偵察のためで、そのあとはいったん浦賀へもどり、今は久里浜へ上陸して幕府の役人と交渉を重ねているらしい。危難が去ったとはまだいいきれないものの、江戸市中もようやく落ち着きをとりもどしている。

おりんは井戸端にいた。恵以と並んで洗濯をしている。恵以の話し声にときおりおりんの声がまじっているのは、男勝りながらも細やかな気づかいのある恵以の飾らぬ気性がおりんの緊張を解いたのだろう。おりんは最初のうち、ほとんど話をしなかった。

「おりんどの。お参りに行くようでしたらごいっしょに」

おりんはまず恵以に、問いかけるような目を向けた。

「ここはもう終わりました。どうぞ、行っていらっしゃい」

恵以にいわれて、おりんはうれしそうな顔になる。

今しがた登美にいわれたから余計にそうおもうのか、おりんは珠世の目にも、武家の娘のようには見えなかった。たおやかなのはよいとして、どこかおどおどと他人の顔色を見るところがある。川越の実家へ帰れないのは、片足をわずかに引きずって歩くということの他にも、なにか事情があるのかもしれない。

珠世とおりんはつれだって家を出た。

陽射《ひざ》しはまだ照りつけているものの、昼の遅い時間なので拾って歩ける陰がある。鬼子母神へつづく畦道《あぜみち》をたどり、二人は弦巻川《つるまきがわ》の土手に出た。

珠世は木陰で足を止める。

「幼いころはようここで遊びました。武家といってもたいした身分ではありませんし、町家や農家の子供たちもいっしょでしたよ。父にはよう叱《しか》られましたが母はなにもいわず……いつしか時が経《た》って、今度はわたくしが、子供たちが足をすべらせはしないかとはらはらしながら木陰でこっそり眺めたものです」

ここへ来ると決まって同じ光景がよみがえる。幼い久太郎と久之助《きゅうのすけ》が長い竿《さお》を手に魚をつかまえようとしている。幸江《ゆきえ》と君江《きみえ》は土手で草花を摘んでいる。遠く平穏な日々……。

珠世はこのとき、おりんになにかいい聞かせようとしたわけではなかった。となりに人がいてくれたからおもったことをなにげなく声に出していっただけで、深い意味合いはなかった。ところが気がつくと、おりんがうずくまって両手で顔をおおっていた。肩がふるえているところをみると泣いているのか。

どうしたのですか、と訊《き》くこともできた。珠世はたずねなかった。かたわらにしゃがんで泣き止《や》むまで背中を撫《な》でてやる。

おりんは涙をおさめ、すみませんとつぶやいて立ち上がった。

二人はまた歩きだした。川に架かる木の橋を渡り、雑木林の中をぬけて鬼子母神の境内へ入り、祠《ほこら》の鳥居が見えてきたところで、おりんはもう一度、珠世に頭を下げた。

「弟や妹が川遊びをするのをいつも、見ていたので……」

「兄さまの他にもご弟妹《きょうだい》がいらしたのですか」

「え、ええ……」

「さようでしたか。では、ご弟妹が息災《そくさい》でいらっしゃるよう、ご祈願なさいまし」

「はい。あ、あの……ひとつ教えていただきたいことが……」

「わたくしにわかることでしたら、なんなりと」

「黒船はいつまでいるのですか」

突然、黒船の話になったので、珠世は面食らった。

「わたくしにはわかりかねます。ですが、そう長くはおりますまい。戦を仕掛けるならとうに仕掛けているはずですし、戦をする理由がわたくしにはわかりません。話し合いがすめば帰って行くはずです」

おりんはうなずいた。

「兄さまのことなら心配には及びませんよ。黒船が帰国の途につけば、すぐにもおりんどのを迎えにいらっしゃいます」

「だと、よいのですが……」

まだ少し心もとなげな顔である。

二人は本殿に詣でたあと、幾重にもつらなった赤い鳥居をくぐり祠に手を合わせた。

珠世の夫の伴之助が御役目で遠出をしたまま行方知れずになったとき、この祠に毎日のように祈願して事なきを得た。息子の久太郎も同様の目に遭い、そのときも恵以ともども熱心に祈願をつづけることで難をまぬがれた。最初におりんをここへつれてきたとき、珠世はその話をしてやった。以来、おりんは心をこめて祈願している。

「おりんどのと兄さまは、ほんに仲の良いご兄妹《きょうだい》なのですね」

合掌をほどくのを待って珠世が感心したようにいうと、おりんは頬を染めた。

「はい。わたしには、たった一人の、兄、ですから」

四

「度肝《どぎも》をぬかれたのは黒船のでっかさだナ。長さ四十間はあろうってな代物《しろもの》でヨ、横の腹のところに車の輪みたいのがついてるんだが、これだって六、七間はある」

「なんてったってすさまじいのは、二十尺ほども空におっ立った煙突だ。なんでもそこから蒸気とかいう黒い煙を噴きだして航行するんだと」

「他の二隻も二十四、五間はあったぞ。あとで聞いたところによると、四隻合わせて千、二千の異人が乗ってるというから……」

試衛館の稽古場で弟子たちが車座になっていた。真ん中には近藤周助がいて、弟子たちが口々に語る黒船の見聞談に耳をかたむけている。もちろん同行できなかった弟子たちも身を乗りだし、目を輝かせていた。話には多少尾ひれがついているようで、あとから聞きかじった話とごちゃまぜになっているところもあるようだったが、不眠不休で浦賀へ駆けつけた成果は十分にあったといえるだろう。

源次郎だけは、所在なげに身をちぢめていた。後れをとった上に崖から転げ落ち、浦賀沖に漂泊していた黒船を見物しそこねた。いや、見たことは見たものの、海上のはるかかなた、ただの黒い豆粒ほどにしか見えなかった。

しかも、源次郎は痛む体を騙《だま》し騙《だま》し帰路につき、大津から神奈川まではかろうじて乗り合いの舟を使ったものの、ほうほうの体で品川宿へたどりついたときは、不運なことに黒船は浦賀沖へもどったあとだった。

とはいえ、すべてが期待外れだったわけではない。

おりんは品川宿の裏長屋にいた。はじめは堤颯馬の帰りを待つといいはっていたが、颯馬の文を見せると雑司ケ谷へ避難することに同意した。片足の不自由なおりんである。騒然とした市中で駕籠が見つかるはずもなく、二人は品川から雑司ケ谷まで歩きとおすはめになった。

「辛《つら》くなったら声をかけてください。背負っても歩けます」

「いいえ、大丈夫です。あ、すみません。手を引いていただいてもようございますか」

「むろんです。さぁ。しっかりつかまって」

おりんを労《いた》わりながら歩く旅は、源次郎にとって新鮮な経験となった。おもえば、こんなふうにだれかに——女子《おなご》に——頼りにされたのははじめてである。母の多津は女剣士だったし、三人の姉妹はいずれ劣らぬ勝気な娘たちで、矢島家の珠世や恵以もしっかり者でとおっている。

雑司ケ谷へ着くまでに、源次郎はすっかりおりんのとりこになっていた。


「源次郎。源次郎ッ」

名を呼ばれてはっとした。皆がこちらを見ている。

「なにをぼさっとしておるのだ。先生がたずねておられるぞ。黒船を見て、おぬしはなにをおもったか、と」

「せ、拙者ですか。な、なにをってそれは……ええと、これから、そう、これからどうすべきかは、各々《おのおの》が、自分で、考えなければいけないのではないかと……」

苦しまぎれにいったところで、近藤が「ほう」と声をもらした。居並ぶ兄弟子たちも、真剣なまなざしを向けてくる。

源次郎は焦《あせ》った。もう少し、なにかいわなければならない。

「ええとつまり、黒船を見ておれが、拙者がおもったのは、お上に任せてはおけぬ、自分の頭で考え行動するときがきたのではないかと、そういうことで……」

「よううた」近藤がパンと手を叩《たた》いた。「まさにそのとおり。ただでっかいの黒いのと騒いでおっても埒《らち》は明かぬ。見聞した事実を血肉として、いかにこの国を守るか、一人一人が頭を働かせるときだ」

皆が「はいッ」とうなずく。

源次郎は颯馬の受け売りで、おもいがけず面目をほどこした。近藤から、近藤の養子の嶋崎勝太のお供を申しつけられたのも、その功績によるものだろう。

勝太の行先は象山塾だった。

佐久間象山は松代真田《まつしろさなだ》家の家臣で、当代一の博覧強記として知られていた。江戸木《こ》挽町《びきちょう》で学問塾を開き、西洋兵学や蘭学を教えていた。評判を聞きつけて、家中だけでなく諸藩からも教えを乞《こ》う若者たちが押しかけているとやら。

象山は六月三日の深夜に黒船来航の報《しら》せを受け、翌朝に出立、翌日中には浦賀へ乗り込むという離れ業《わざ》をやってのけた。行動力でも他者の追随を許さない。そんな超多忙の象山だから、象山塾を訪ねたところで会えるかどうか。それでも江戸市中の名だたる私塾や道場からこぞって人が送り込まれているらしい。最新の情勢を見きわめるには象山に訊くのがいちばんと、だれもが考えている証拠だった。

象山塾、どんなところか――。

源次郎は喜び勇んで出立した。

深川へは、外濠沿いの道を品川へ行くときと反対方向へ歩く。源次郎は、年初に勝太と雪道を八王子めざして歩いたときのことをおもいだしていた。あのとき勝太は久太郎の危難を救ってくれた。勝太が駆けつけてくれなかったら、御鳥見役や鷹匠《たかじょう》、なにより将軍家の鷹は無事ではいられなかっただろう。

「源次郎」

「は、はい」

「覚えておるか、上谷保《かみやほ》へ行ったときのことだ」

「拙者もおもいだしていたところです。あのときはお世話になりました」

「ふとおもったのだが……あの件では皆、将軍家の鷹を守ろうと必死だった。あれから半年しか経っておらぬのに源次郎、おれたちは今、なにを守ろうとしている？　これからなにを守ればよいのか。いや、答えずともよい。答えられるはずもない」

源次郎は勝太の頑丈な背中を見つめていた。自分はなにを守るのか。おもいつくのは家族、それに矢島家の人々……。颯馬は国を守ると断言した。が、妹のそばについていてやることと海防に駆けつけること、双方のあいだで逡巡《しゅんじゅん》しているようにも見えた。

だれもが己自身と向き合わなければならないときなのだろう。

象山塾はごったがえしていた。耳なれないお国言葉が飛び交っているのは、黒船騒ぎが起こる前から諸藩の若者たちが江戸へ殺到していたからか。江戸のはずれで暮らしながら、日々安穏としてなにも考えずに生きてきた自分を、源次郎は少しばかり恥じた。

「象山先生はご不在だそうだが、はい、そうですか、と帰るわけにはゆかぬ。話を集めておこう」

半刻《はんとき》後に落ち合う約束をして、勝太は門下生たちの群れへ身を投じてしまった。顔見知りを捜して話を聞こうというのだ。

源次郎は当惑した。西洋兵学だの蘭学だのといわれてもちんぷんかんぷんだし、諸藩に知り合いはいない。といって大事の最中にのんびり世間話もできない。となればどうやって話に加わるきっかけをつかめばよいのか。

勇気をふるって、数人の男たちが立ち話をしているところへ行ってみることにした。

「川越松平家のお侍さまはおられませんか」

「川越だと？　知らんのう」

「わしは長州じゃき。こいつらは土佐もんじゃ」

「し、失礼いたしました」

源次郎は眩暈《めまい》がしそうである。

何人目かにようやく颯馬を知っているという侍を捜し当てた。

「堤颯馬ならば、春ごろまで熱心に学んでおったがのう……」

颯馬はある日を境に、ぱたりと象山塾へ顔を出さなくなったという。

「これは噂だが……」と、侍は声をひそめた。「深川の女郎とねんごろになった。身受けして所帯を持ちたいと実家に申し出て勘当になりかけたらしい」

源次郎は息を呑んだ。

「女郎……それでどうなったのですか、お二人は？」

「身受けする金がなく、駆け落ちしようとしたが女郎は囚《とら》われて酷《むご》い仕置きをうけたとか。足が不自由になったんで放りだされたらしい」

どこへ行ったか。品川宿で颯馬といっしょにいるところを見た者がいるという。

「見まちがいだろう。いくら好いていたとしても、勘当されてまで女郎と所帯をもつ侍などおらぬわ」

颯馬はおそらく親に詫《わ》びを入れ、川越へ帰ったのではないかと侍はいった。

「捜しておるならおぬし、川越へ行ってみたらどうだ？」

「川越松平家は今、大津で海防の任にあたっていると聞きました」

「おう。さようであったの。では堤颯馬もそこにおるやもしれぬ」

地方から江戸へ遊学にやってきた侍たちは、自由闊達《かったつ》な江戸の空気にふれ、人の目を気にしなくてすむ解放感もあって、つい羽を伸ばしたくなるものだ。遊里通いもそのひとつで、初心《うぶ》な若侍は往々にして深入りをしてしまう。けれど、夢から覚めるのも早い。いっときは女郎に夢中になったとしても、遅かれ早かれ己の分をわきまえて国元へ帰って行く。颯馬もそうにちがいないといわれて、源次郎もうなずいた。

「待たせたの」

勝太と落ち合ったとき、源次郎は象山塾の門前でぼんやり佇《たたず》んでいた。

「どうだ、収穫はあったか」

訊かれても答えられない。颯馬とおりんの事情を知って愕然《がくぜん》としてしまい、黒船の話を聞き歩く気力が失《う》せてしまった。こんなときに自分でも情けないとおもうが、二人のことが頭から離れない。

　おりんは颯馬の妹ではなかった——。

　颯馬は、若侍がいったように、おりんを捨てて国へ帰ることにしたのか。

　颯馬が守ろうとしているものは、武士としての立場、家名、この国の未来……そこに、おりんの入る余地は、この先残されているのだろうか。

　無理はないと源次郎はおもった。自分が颯馬でも、おりんのことはあとまわしにしていたにちがいない。女郎とあれば、なおのこと……。

　苦々しいおもいが胸にあふれてくる。

「すみません。いろいろ考えているうちにときが経ってしまいました」

「そうか」

　勝太はそれ以上たずねなかった。

　二人は帰路につく。

「象山先生は、品川御殿山《ごてんやま》の警備を請け負うようにと江戸家老に進言されたそうだ」

「松代真田家が海防掛を自らつとめるのですか」

「他家には任せてはおけぬとおおもいになられたのだろう。今の海防ではとうてい異国に太刀打ちできぬ、鉄砲弾薬など備えを万全にすべし、ともいっておられるそうゆえ」

若侍たちが口角泡を飛ばしてそんな話をしていたと、勝太は源次郎に教えた。

「これからは己のことにかまけてはいられのうなる。源次郎。おぬしがいったとおりだ。もはや他人事《ひとごと》ではのうなった、ということだ」

「は、はいッ」

蟬《せみ》しぐれ喧《かまびす》しい日ざかりの道を、源次郎はもやもやとした胸のおもいを封じるように黙々と歩く。

五

江戸市中を騒然とさせた黒船は十日ほど浦賀沖に停泊して退去し、暦の上では早くも晩夏になった。とはいえ日中の暑さは、まだ当分和らぎそうにない。

陽射しが陰ったので庭に出て手桶《ておけ》で草木に水をやっていた珠世は、うっかり足に水をかけてしまいそうになって飛びのいた。

「おや、どうしたのですか。出ていらっしゃい」

源次郎である。木立のうしろに隠れたまま、母屋《おもや》のほうへ当惑したような視線を投げた。おりんには知られたくないのか。

「おりんどののなら、恵以や沙耶といっしょに清土村《きよとむら》へ出かけていますよ。犬の子が生まれたので見に来るようにと誘われて……」

おりんは行くのをしぶっていたが、沙耶にせがまれて同行を承知した。

登美は昼寝中だし、次左衛門は出かけているから遠慮はいらないと、珠世は源次郎を縁側へ座らせた。額に汗をにじませている源次郎に冷たい麦湯をふるまう。

喉《のど》をならして飲み干したところで、源次郎は珠世におもいつめた目を向けてきた。

「おりん、どのの、ことなのですが……迎えは来ないかもしれません」

そもそもおりんは黒船騒動に巻き込まれるのを案じて避難してきた。「兄」の颯馬が迎えに来るという約束だからそれまで置いてやってほしい、と頼んだのは源次郎である。

騒ぎは鎮《しず》まったものの、颯馬はまだ現れない。

「実は先日、象山塾を訪ねたとき、ご家中のご同輩からびっくりするような話を聞いたのです。もしかしたら、それがしは、堤颯馬に騙されていたのやもしれません」

源次郎は若侍から聞いた話を伝えた。その話が事実なら、源次郎は遊里で身を売っていた女をそれと知らず矢島家へ居候《いそうろう》させたわけで、矢島家の人々に詫びなくてはならないと頭をたれる。

珠世はおどろきもあきれもしなかった。

「お気の毒に。おりんどのはきっと不幸な身の上だったのですね」

なにか事情がありそうだと、はじめからいぶかっていた。武家の娘にしては物腰も物言いもくだけすぎている。登美が川越のことをたずねたとき、おどおどして答えられなかった。そしてあの、弦巻川の土手で見せた涙も……。

「ご事情はわかりました。おりんどののことはわたくしにお任せください」

「なれど、それでは矢島家にご迷惑が……」

「では源次郎どの、そなたはどうするつもりですか。すぐにも品川宿へつれ戻しなさいといったら、おりんどのをそうするのですか」

源次郎は目を泳がせた。

品川宿へつれ帰って、元の長屋に住めればよいが、もし住めなかったらどうすればよいのか。片足が不自由で後ろ盾もない女が独りで食べてゆけようか。

「それがしにはとても……」源次郎はうなだれた。「颯馬さまのお妹なら……もしそうなら、なんとかできたかもしれません。小母《おば》さまだけに打ち明けますが、それがしはおりんどのに惹《ひ》かれて……でも、素性がわかった今は……哀れとはおもいますが……あれからずっと考えていました。悩みました。家族のことをおもうとどうしても……」

珠世は源次郎の苦渋に満ちた顔を見つめる。

「自分を責めるのはおやめなさい。源次郎どの。そなたの気持ちはようわかりました。正直に話してくれたこと、それがなによりです」

源次郎は肩をふるわせた。

「それがしは、自分が、いやになりました」堰《せき》を切ったようにつづける。「おりんどのの素性を知って急に気持ちが冷めてしまったこともそうですが、黒船を見に飛んで行ってもただの野次馬で、なんの危機感も抱かなかったことも、象山塾で議論をしている同年輩の侍たちがなにを話しているか、それさえわからず、兵学にも蘭学《らんがく》にも疎《うと》い自分、これまで他人任せで、世の中のことなどなにも考えようとしなかったそんな自分も……」

源次郎が胸にわだかまっていたものを吐きだすまで、珠世はひとことも口をはさまなかった。源次郎が口をつぐみ、荒い息をつくのを待って静かにいう。

「源次郎どの。源次郎どのはたった今、黒船を目にしたのです。だれもが黒船みたいな一大事に出会うときが来るものです。そしてすべてはそこからはじまる、そう、これからどうするかが大事だとわたくしはおもうのですよ」

源次郎ははっと珠世を見返した。

「ここからはじまる……これからどうするか、ということですね」

居住まいを正したのは、なにか胸にひびくことがあったのか。源次郎はさっきより明るい顔になっている。

「小母さま。ひとつ、うかがってもいいですか」

「どうぞ」

「それがしは、なにを、守ればよいのでしょう?」

珠世はえくぼを浮かべた。

「それは、わたくしにたずねなくてもわかるときが来ますよ。源次郎どのがなによりも、自分の命をかけてでも守りたいと願うもの……それはね、自《おの》ずとわかるときが来るはずです」

庭の片隅に萩《はぎ》の白い花がゆれている。

儚《はかな》げな花に手を伸ばしかけて、おりんはついと引っ込めた。しゃがんだまま、ほつれ毛をかき上げ、深々とため息をもらす。

出て行かなければ——。

いつまでも厄介になっているわけにはいかない。颯馬の妹だという嘘《うそ》を重ねるのもそろそろ限界だった。ここにいれば皆が気づかってくれるし、ひとりぼっちの寂しさも忘れていられる。が、一日長引けばそれだけ別れのときが辛くなるのもわかっていた。甘えればしっぺ返しがくる。いつもそう。良い事はつづかない。

出て行く前に、珠世にだけは本当のことを打ち明けようと決めていた。自分の素性を知ったらさぞやおどろくにちがいない。それでも、珠世ならわかってくれるはずだ。眉《まゆ》をひそめずに耳をかたむけてくれるにちがいない。なぜなら珠世は、たとえ異人であっても、物笑いの種にしたり理由もなく敵視したりしていなかったから。

珠世は、どんな人とも対等に接する。大げさなことはいわないし、特別なことをするわけでもないのに、かたわらにいるだけでおりんの心を和ませてくれた。自分も生きていていいんだとおもわせてくれた。

おりんはこれまでも一度ならず出て行こうとした。そのたびに珠世に諭された。

「兄さまを大切におもうのでしたら、もう少し、待ってさしあげてはどうですか。おもいはきっととどくと、そう、信じることです」

珠世はこんなこともいった。

「兄さまは今、ご自分が守るべきものがなにか、自分に問うておられるのだとおもいます。それはとても大事なことですよ」

守るべきもの――。

どういうことか、おりんは正直わからなかった。けれど颯馬に守るべきものがあるなら、自分にもあるはずだ。それは――自分にとって大事なものは――颯馬しかいない。だとしたら、颯馬を守るために自分もなにか為すべきだろう。

やっぱり出て行くしかないと、おりんはおもった。出て行って、二度と颯馬の前にあらわれないこと。それこそが、颯馬のためになることなのだから……。

おりんは折っていた膝《ひざ》を伸ばした。かすかに秋の気配を感じさせる風が流れて、白い花がはらはらとふりかかる。

未練を捨てて木戸のほうへ足を踏みだそうとした。

と、そのとき、足音が近づいてきた。急《せ》くような、それでいてゆるぎない足音――おりんの胸の鼓動をざわめかせ、頬を燃えあがらせる足音だ。

同時に、垣根の向こうでなつかしい声が聞こえた。

「おりんッ。おるかッ。待たせてすまなんだ。迎えに来たぞッ」

第四話　御殿山

一

秋たけなわ。

幾重にも合わさった花びらは、黄金の糸で編んだ小手毬《こでまり》のようだ。清楚《せいそ》な白とはまたちがう黄菊の愛らしさに矢島家の茶の間は華やいでいる。

「与助《よすけ》さんは早耳ですね。綾《あや》どのが産み月だとだれから聞いたのでしょう」

運針の手を止めて、恵以《えい》は黄菊に見惚《みと》れた。

与助は駒込《こまごめ》村の植木屋で、矢島家とは旧《ふる》なじみだ。菊づくりに精を出していて、毎年、秋になると丹精した菊の鉢をとどけてくれる。

「君江《きみえ》でしょう。君江のところへも、遅ればせながら出産祝いにと見事な菊をとどけてくださったそうですから」

襁褓《おむつ》にする晒《さら》し布を裁ちながら、珠世《たまよ》もえくぼを浮かべた。

「そういえば、君江どのは与助さんの恩人だとうかがいました」

「ええ。与助さんのおかみさんのお産にたまたま立ち合うたことがあるのです。といっても、もうずいぶん昔のことで……君江がまだ嫁ぐ前ですもの」

「でしたらわたくしは、鷹姫《たかひめ》と呼ばれて、鷹とたわむれていた時分ですね」

「恵以どのに綾どの、よき嫁御をもろうて、久太郎《きゅうたろう》も久之助《きゅうのすけ》も果報者です」

「お姑《かあ》さまったら……買いかぶりですよ」

御鳥見役《おとりみやく》には他国へ忍び込んで内情を探る役目がある。珠世の亡父につづき夫までがこの御役をつとめ、一時は行方知れずになっていた。そのため、矢島家の子供たちは、長女の幸江《ゆきえ》を除いて皆、晩婚だった。それでもおさまるところにおさまって、今では三人とも自ら選んだ伴侶《はんりょ》とつつがなく暮らしている。

「綾どのに元気な稚児《ややこ》が生まれれば、久之助どのにも永坂《ながさか》家のご養父母《りょうしん》にとっても、これ以上の喜びはありませんね」

恵以が笑顔でいったときだ。

「厄介の種でもありますよ」

くぐもった声がして、矢島家の居候《いそうろう》、珠世の従姉《いとこ》の登美《とみ》が茶の間へ入ってきた。ぺたんと腰を落として、これみよがしにため息をつく。

「綾どのがどうかしたのですか」

「いいえ。沙耶《さや》ちゃまをあやしているうちにうとうとされて……あのご様子なら丈夫な稚児《ややこ》をお産みになられましょうよ」

綾は臨月なので、さすがにせり出したお腹《なか》が重いのか動くのも辛《つら》そうで、今も奥座敷で休んでいた。

久之助と綾は、綾の伯父の縁で、小日向《こひなた》に住む大御番組《おおごばんぐみ》与力の永坂家へ夫婦養子に入った。本来なら手狭な矢島家でお産をしなくても養家で至れり尽くせりの世話をうけられるのだが、綾はかつて一度、流産をしている。珠世のそばで産みたいという綾に、矢島家はむろん、永坂家も反対はしなかった。

「でしたらいったい、なにが厄介なのですか」

珠世は登美に訊《き》き返した。頑固で口うるさく、なんにつけてもひと言いわずにはすまない従姉には、珠世でさえ辟易《へきえき》することがある。

登美は奥座敷のほうをちらりと見てから、ぐいと膝《ひざ》を乗り出した。

「男子《おのこ》が生まれたら、ゆくゆく面倒なことになります」

「どうしてですか。光之助《こうのすけ》どのに弟ができる、めでたきことではありませんか」

「光之助どのはたしかに、永坂家の養父母にしてみれば血縁ではありますが、久之助どの綾どののご夫婦とは生《な》さぬ仲」

光之助の父親は永坂家の養父の甥《おい》で、永坂家の養子に、といわれていた。ところが粗暴な性格が仇《あだ》になって縁組はつぶれ、許されぬ恋のあげく駆け落ちしてしまった。その女との間に生まれたのが光之助で、置き去りにされたため久之助と綾夫婦に引きとられた。

「なにをいわれるかとおもえば……登美さま、それはちがいますよ。綾どのも久之助も、光之助どのをわが子とおもうて育ててきました。たとえ男子が生れても、光之助どのが兄であることに変わりはありませぬ」

「そんなに上手《うま》くゆくかどうか。綺麗事《きれいごと》ではすみませんよ。わたくしはいやというほど見てきました。だれだって、血を分けた子のほうが可愛《かわい》いに決まっています」

登美が得々といったときだ。

「あ、綾さまッ」

恵以の声に、珠世も登美もはっとふりむく。

「あら、なんのお話ですの」

綾が敷居際《ぎわ》に立っていた。

「登美さまの、そう、ご実家のお話をうかごうていたのです」

「そうそう。うちの跡取りときたら、頼りない上に気も利《き》かなくて……」

「さ、綾さまもこちらへ」

恵以がいち早く立って行って、綾に手をそえる。

「まあ、きれいだこと」

一歩なかへ入るや、綾の目は黄菊に吸いよせられた。くったくのない笑みに、三人は安堵《あんど》の息をつく。

二

「賛成したのか。おまえもそれでよいと……」

久太郎の声には、納得がゆかぬという気持ちがにじみ出ていた。

「するものか」

即座に否定したものの、久之助は困惑を隠せない。

兄弟は御鷹部屋御用屋敷から矢島家へつづく畦道《あぜみち》を歩いていた。久之助は兄に相談したいことがあったため、御用屋敷へ出むいて兄の退出を待っていたのだ。

「しかし、養父母は乗り気になっている。もし生まれてくる子が女子《おなご》であっても、養子をとればすむことだし、光之助には願ってもない話ではないか、と」

「光之助はまだ四歳だろ。なにもそんなに急がなくても……」

「おれもそういったのだが……」

養母の妹は御目付の片岡裕右衛門《かたおかひろえもん》の妻女で志保《しほ》という。志保はかねてより光之助を気に入っていて、綾の懐妊を知るや養子にほしいといってきた。養父母もこの話を進めたがっているという。

「片岡家では嫡子《ちゃくし》が早世してしまった。ご妻女の年齢からしてもう実子は望めぬ。つまり光之助は嫡子として育てられる。どうせなら物心つく前から片岡家になじんでいたほうが本人のためにもよかろうと……」

「なんだ。おまえもその気になっておるではないか」

「ちがうッ。これは養父上《ちちうえ》の言い分で、おれは反対だ。だが正直なところ、おもうところがなくもない」

「おもうところ？」

「兄上にはおれの気持ちはわかるまい。部屋住みのまま、当てもなく生きてゆくのがどういうことか。おれたち、嫡子以外の男子がどれほどの焦燥を抱えて生きているのか……」

久之助は久太郎に射抜くような目をむけた。矢島家より格上の旗本家の家督を継ぐことができたのはおもいもよらぬ幸運で、それまでは次男であるがゆえの焦燥をたっぷりと味わっている。生まれながらの嫡男である兄上になにがわかるといわれれば、久太郎は返す言葉がなかった。

「で、片岡家の屋敷は品川にあるのだな」

久太郎は話題を変えた。

「移ってきたばかりの役宅だ。兄上も存じておられようが、黒船の来航以来、以前にもまして海防が叫ばれ、いよいよ御台場の築造がはじまった。これは各々《おのおの》大名家の役目だが、御殿山を切り崩して土砂を運ぶ人夫の采配《さいはい》は代官にゆだねられている。御目付はこうした作業の監視役だ」

去る六月、ペリー率いる異国船が来航した。巷《ちまた》は大騒動、度肝《どぎも》をぬかれた幕府はこれまで以上に海防を強化すべく、その一環として品川沖から深川洲崎《すさき》弁天付近までの海上に砲台を築造することにした。計十一基の予定で、八月には早くも川越藩、会津藩、忍《おし》藩がそれぞれ第一から第三までの台場築造にとりかかっている。

海中に砲台を築くには、大量の石材や土砂が必要だ。石材は伊豆半島やさらに遠方から船で運ぶとして、土砂のほうは主に品川の御殿山を切り崩して充当することになった。手間賃ほしさにわれもわれもと集まってきた人夫たちを効率よく働かせ、しかも治安を維持するのは容易ではない。

片岡裕右衛門は多忙で、養子縁組のために動く暇がなかった。といって、御台場の築造が終わるのを待っていては久之助と綾の子どもが生れてきてしまう。そこで、あわただしい時節ではあったが——いや、危急のときなればこそ——一刻も早く養子を定めておきたいと、志保は前のめりになったのだろう。

「なんだと？　ご妻女は光之助を品川の屋敷へつれてゆかれたのか」

「おれは宿直だった。城からもどって聞かされたのだ。むろん、このまま養子にしてしまおうというのではない。養母上《ははうえ》がお風邪気味ゆえ、二、三日、品川で面倒をみてくれることになったのだというが……」

「まことか。なしくずしにされるやもしれぬぞ」

「うむ、この機に裕右衛門どのに引き合わせておこうというのだろう」

久之助は当惑したように拳《こぶし》で頭を叩《たた》いた。

「兄上。おれはどうしたらよい？」

「このこと、綾どのはまだ知らぬのだな」

「知らせる前に兄上の意見を聞きとうて、それで待っていたのだ」

久太郎は眉根《まゆね》を寄せた。こんなとき、なんと答えればよいのか。光之助の人生は一度きりだ。どちらか選ぶ前に試してみる、というわけにはいかない。

「おれは……そうだな……片岡家へもらわれても、このまま永坂家で成長しても、どちらも悔いは残るような気がする。だから、ここは、先のことなど考えず、綾どのとおまえが光之助をどうしたいか、その一事に尽きるとおもう。光之助を手放せるのか」

「手放す……光之助を……」

「どちらが幸せか、そんなことはわからぬし、わかったような顔をするのはおもいあがりだ。おまえたち——とりわけ綾どのが、光之助を手放してもよいとおもうなら養子に出せばよいし、辛い寂しい、耐え難いというなら手元に置けばよい」

「しかし、もし光之助が……」

「いや、それでいい。手放すにせよ、置いておくにせよ、大切におもっていたと、いつか、その気持ちを伝えてやるだけで光之助は納得するはずだ」

おまえだってそうだろうと、久太郎は弟の顔を見た。

今度は久之助が目をそらせる番だった。畦道の先に見える下雑司《したぞうし》ケ谷《や》の大通りへつづく道のほうへ顔をむけて、しばし茜色《あかねいろ》に暮れかけた空を見つめる。空の下には生まれ育った実家、珠世のいる矢島家がある。

ややあって、久之助はうなずいた。眼裏《まなうら》には母の顔が浮かんでいる。父や、亡《な》き祖父や、家族みんなの顔も……。

「兄上に相談して心が決まった」

「おまえではない。綾どのの気持ちをいちばんに考えてやれ。勝手に進めることだけは、断じてならぬぞ」

「わかった。養父上がなんと仰《おお》せられようが、おれは、綾の気持ちを尊重する」

二人は目を合わせた。照れ笑いをしたのはどちらが先か。

たわわに実った田圃《たんぼ》の真ん中で、烏《からす》が案山子《かかし》の頭にかぶせた菅笠《すげがさ》をつつきながらカアカアと啼《な》いている。

兄にいわれたとおり、まずは綾の気持ちをたしかめようと考えていた久之助だったが、その日、夫婦が光之助の行く末を話し合う機会はめぐってこなかった。久太郎と久之助がつれだって帰宅したとき、綾は産気づいたところで、矢島家は上を下への大騒ぎになっていたからだ。

「次左衛門《じざえもん》さまが産婆《さんば》を呼びにいってくださいました」

忙《せわ》しげに湯を沸かしながら、恵以は手の甲で額の汗をぬぐった。

松井次左衛門は恵以の元家臣で、登美と同様、矢島家の居候である。

「おれたちもなにか手伝おう。いってくれ」

「いいえ、今はなにも。そうそう、沙耶を見ていてください。登美さまにはこちらを手伝うていただきますから。それから、夕餉《ゆうげ》はお舅《とう》さまがお帰りになられてからご一緒に」

二人は体よく追い払われてしまった。

沙耶と遊んでいるうちに、次左衛門が下雑司ケ谷から産婆をつれて帰ってきた。さらに御用屋敷から帰宅した伴之助《ばんのすけ》も加わって、男たちは遅い夕餉をかきこむ。四人はそのまま茶の間で息をひそめ、出産の時を待つことになった。

とりわけ久之助は、立ったり座ったり、いっときもじっとしていられない。綾は一度、流産している。そのときの辛い思い出が頭から離れなかった。今回だって、母子が無事だという保証はないのだ。

「心配はいらぬ」

伴之助は息子の肩に手を置いた。

「父上……」

「わが女房どのがついておる。大船に乗った気でいればよい」

「父上の仰せごもっとも。母上にお任せせよ、久之助」

「さようさよう。珠世どのはなにがあっても笑顔で切りぬけるお人だ。万事、めでたしめでたしに決まっておるわ」

根拠はなかったが、母の笑顔をおもい浮かべただけで、久之助の胸のざわめきは鎮《しず》まってゆく。

手狭な家中に赤子の泣き声がひびきわたったのは、日付が変わる時分だった。

「男子ですよッ。元気な、愛らしい、男子ッ」

恵以が産屋《うぶや》からとびだしてきた。

久之助は「おおッ」とも「ああッ」ともつかぬ感激の雄叫《おたけ》びをあげる。三人の男たちは口々に祝いの言葉を述べたが、久之助は聞いていなかった。もう駆け出している。

といっても産屋に入るのははばかられて、襖《ふすま》越しに大声で叫んだ。

「綾ッ。ようやったッ。でかしたぞッ。でかしたぞッ」

すると――。

「久之助。お入りなさい」

珠世の声がした。

「よろ、しいの、ですか」

「むろんです。そなたはこの子の父親でしょう」

「はいッ」

産婆の腕に抱かれて真っ赤な顔をくしゃくしゃにして泣いている赤子は、まだ目鼻立ちすら定かではなかった。それでも黒い髪が頭に貼《は》りつき、つっぱった手の指にちゃんと爪《つめ》が生えているのを見て、久之助は感きわまった。

「綾。大丈夫か」

枕辺《まくらべ》へにじりよる。

綾は汗で光る顔に柔和な笑みを浮かべていた。

「心配はいらぬ。ゆっくり養生せよ」

綾はうなずく。

「あの……」

「なんだ？」

「光之助は……元気にしておりますか」

「あ、ああ。むろん、元気だ」

「つれてきてくださいね。早う弟の顔を見せてやりとうございます」

「弟……さよう、うむ、そうだな。あいつも兄になったわけだ」

久之助は珠世と産婆、そして早くも産婆を押しのけて盥《たらい》に満たした湯で赤子の体を洗っている登美にも、心からの礼を述べた。じっと赤子を眺める。

この子は、光之助を兄と慕い、共に遊び学び、ときには喧嘩《けんか》をしながら成長するのだ。そう、自分の幼いころのように。弟であることに不満を抱く日も来よう。兄に嫉《しっ》妬《と》するかもしれない。が、そんな邪心をさえ吹きとばしてしまう母の深い愛情に包まれて、すくすくと育ち、やがては己の道を自分自身の力で切り拓《ひら》くにちがいない。

「母上。ありがとうございました」

久之助は今一度、万感をこめて頭を下げた。

三

おばちゃんはイヤじゃない——と、光之助はおもった。ただ、ぺたぺたと触られるのは気色がわるいし、母《かか》さまや父《とと》さまに会わせてくれないのも腹が立つ。

「おうちへ帰りたい」

光之助は訴えた。

「その前に引き合わせたい人がおります。お行儀をよくして、きちんとご挨拶《あいさつ》をしてください。できますね」

「母さまはどこ？」

「母さまも父さまも、ご用があってお出かけだと申し上げましたでしょう。ですからお帰りになられるまで、ここで待っていただくことになったのです。光之助どのはお利口だから、わたくしのいうこと、おわかりですね」

ぐずっていると、おばちゃんは洟《はな》をかんでくれた。きれいなべべを着せてくれて、おまけに金平糖まで食べさせてくれた。

光之助は片岡家の志保につれられて、片岡裕右衛門の前に出た。

裕右衛門は太り気味の小男で、顔色がわるく、疲労困憊《こんぱい》している様子が見てとれる。光之助にはとりたてて関心がなさそうだ。無理もなかった。御殿山に詰めきりで、埃《ほこり》まみれの姿であわただしく帰宅したところなのだ。

「なにも、かような騒々しいところへつれてこんでもよかろうに」

志保を見返した目は苛立《いらだ》っていた。

「騒々しい最中《さなか》ゆえ、おつれしたのでございます。旦那《だんな》さまはますますご多忙になられましょう。今のうちにお顔合わせだけでもしておいていただかねば、わたくしのほうで縁組を進められませぬ」

「わかったわかった」

裕右衛門ははじめて光之助をしげしげと観察した。

「光之助と申したの。いくつだ？」

光之助は当惑気味に妻女を見てから、四本指を立てた手をつきだして見せた。

「ふむ。なかなか賢そうな面構《つらがま》えをしておる。ここへ来るとき、もっこを担《かつ》いだ者どもが大勢、行き来しておるところを目にしたはずだ。なにをしておるか、わかるか」

光之助は首を横にふる。

「土を運んでおるのだぞ。山の土を海へ運ぶ」

「さようなことを仰せになられても……」

「おまえは黙っておれ。よいか、光之助、異国の船が攻めてくる。恐ろしい敵が……うむ、でっかい化け物とおもえばよい。化け物が攻めてくる」

「旦那さま……」

「化け物に食われぬよう、われらは大忙しだ。おまえの相手をしておる暇はない。さぁ、わかったら退《さが》れ」

光之助は侍女につれられて、元いた奥の間へもどった。

志保は夫と話があるらしい。裕右衛門は、といえば、昼夜の別なく駆り出されているようだから、夫婦が一緒にいられる時間もそうはないのだろう。実際、光之助は知らなかったが、裕右衛門は早くも門を出て、志保はまたもや話の半分もできずじまいだった。

家へ帰れるとおもったのに――。

光之助は頰をふくらませている。

「奥さまがお昼寝をされるように、と仰せにございました」

光之助は床へ入れられた。寝たフリをしたのは、見ず知らずの侍女にそばにいられるのがうっとうしかったからだ。

母さまがいたら――と、悲しみの淵《ふち》に沈みながら考えた。添い寝をしてくれるはずだ。やさしく背中を抱き、子守唄《こもりうた》も歌ってくれるだろう。花のような母の匂《にお》いにつつまれて、幸福な眠りが訪れるにちがいない。

光之助は丸い目で天井をにらみつけた。

おばちゃんは嘘《うそ》つきだ――。

だったらあのおっかない男の人も？　あのおじちゃんがいった話は本当だろうか。

化け物がくる？　化け物に食われる？　母さまや父さまはそのことを知っているのか。

光之助は跳ね起きた。

胸がどきどきしている。こうしてはいられない。母さま父さまに知らせなければ。そうだ、おうちへ帰ろう……。

光之助は床から這《は》い出して、そっと襖を開けてみた。控えの間にはだれもいない。台所のほうで声がしていたが、光之助はそちらへは行かず、開け放たれた障子を見つけて裏庭へ下りた。とたんに突風と砂ぼこりの攻勢にあって目をしばたたく。

屋敷内に家臣がいないのは御殿山の作業場へ詰めているせいだったが、むろん、光之助は知るはずもない。

どうしたら、ここから出られるのか。

台所に小間物屋が来ていて、運よく裏木戸が細く開いていた。光之助は目ざとく見つけ、木戸を押して屋敷の外へ出る。

「おっと、危ねえッ」

「じゃまだ、どけどけ」

外へ出たとたん、突き飛ばされそうになった。すさまじい喧噪《けんそう》である。

光之助は四方を見まわした。ここがどこかもわからないし、方向はもっとわからないから、どちらへゆけばわが家へたどりつくか、考えようもない。

いくらも歩かないうちに、見知らぬ男がすっと近寄ってきた。上物とわかる単衣《ひとえ》を着て芥子頭《けしあたま》に裸足《はだし》の男児を、値踏みするようにじろじろと眺めている。

「坊ちゃんは、あそこのお屋敷のお子かい」

光之助は驚いてあとずさりをした。首を横にふる。

「けど、あそこから出てきなすった」

今度は首を縦にふった。

「お付きもつれず、どこへ行くつもりですかい」

「母さまのとこ」

「ふうん。一人で母さまに会いにゆくとは、坊ちゃんは勇ましいな」

母さまはどこだと訊かれたが、光之助は答えられない。

「よし。おっちゃんも一緒に捜してやろう。ほれ、乗りな。裸足じゃ、そのきれえなあんよが血だらけになっちまうぜ」

男はしゃがみこんで、光之助に背中をむけた。

光之助はためらった。木戸の内へ駆け込むべきか、それとも男といっしょに母を捜すべきか。

そのとき、光之助の小さな頭の中をよぎったのは「化け物」という言葉だった。化け物がなにかはよくわからないが、恐ろしいものらしい。その恐ろしいものが母を食べてしまうというなら、ぐずぐずしてはいられない。

光之助は男の背中へ這い上った。

「よし。行くぞ」

男はがさついた両手のひらで光之助の尻《しり》をぐいと引き上げ、勢いよく立ち上がる。

次の瞬間にはもう、屋敷とは反対方向へ駆け出していた。

四

恵以と久太郎は門を出て、下雑司ケ谷の大通りへつづく道の片端で立ち話をしていた。矢島家には綾と赤子がいる。綾には聞かせられない。

「手がかりは見つかったのですか」

「いや。御殿山の界隈《かいわい》はいつにもましてごったがえしておるそうな。余所者《よそもの》も多数入りこんでおるゆえ、容易にはゆかぬらしい。源次郎《げんじろう》が試衛館《しえいかん》の仲間に声をかけて、皆で捜しに出かけたそうだが……」

石塚家の源次郎は試衛館で剣術修業に励んでいる。六月に黒船騒動があったときも、門弟たちは声をかけあって見物に出かけた。品川近辺の地理には明るいはずだ。

「片岡家のご家来衆も捜しているのでしょう。代官所が動いてくだされば……」

「それは無理だ。海防は一刻の猶予《ゆうよ》も許されぬ。皆、追いまくられている最中だぞ。幼子が迷子になったからといって、作業を中断できようか」

「子供の命がかかっているのです。どちらが急を要するか……」

光之助がいなくなったと知って、片岡家はもちろん大騒ぎになった。とりわけ裕右衛門の妻女の志保は青ざめ取り乱し、屋敷に残っている者たちを総動員して近隣を捜しまわったという。だが光之助は見つからなかった。当然ながら裕右衛門にも知らせたが、屋敷に帰ってこなかった。子供を探している暇はない、といわんばかりに、使いを追い返したと聞く。裕右衛門にとって今は幕命が子供の命より重いのだろう。

一方、急報をうけた永坂家では、あわてふためいて人を送った。とはいえ、久之助も大御番組の役目があるため、品川へ駆けつけるわけにはいかなかった。

「久之助どのはさぞや案じておられましょう」

「おれも駆けつけたいが、御用屋敷へもどらねばならぬ」

「品川へはわたくしが参ります」

「恵以、それは……」

「お姑《かあ》さまが今少しお若ければ、真っ先に駆けつけられたはずです」

お姑さまとは珠世、こんなとき、矢島家ではいつも珠世が要《かなめ》になってきた。

「母上はご存じか」

「はい。先ほど永坂家から知らせがございました。綾さまにはむろんですが、口の軽い登美さまにも知られぬようにと、お姑さまはわたくしだけに……」

綾に光之助の失踪《しっそう》を知らせてよいものか、珠世は迷っているという。

「沙耶のことなら、お姑さまが面倒をみていてくださいますし……」

「わかった。が、父上が帰宅されるまで待て。父上には御鳥見役ならではのお知恵もあるだろう」

御鳥見役が将軍家の鷹を探しにきたときは、たとえ大名家でも探索を拒めない。どんな家へも入り込める特権があるから、こんなとき御鳥見役は好都合。伴之助は上役にかけあって、その特権を行使しようというのだ。

「鷹のことならそなたの右に出る者はおらぬ。父上をお助けしてくれ」

「かしこまりました。鷹のかわりに元気な光之助どのをきっと見つけてみせます」

あわただしく御用屋敷へもどってゆく久太郎を、恵以は畦道の手前で見送った。家へ帰って門を入る。玄関へむかおうとすると、庭木戸のところで綾の声がした。

「綾さま。休んでいらっしゃらなくてよろしいのですか」

「このとおり、出産は病ではありませぬ。本当はもう小日向へ帰れるのですが、お姑さまが二、三日養生したほうがよいと仰せなので……」

「さようですとも。あわてることはありませぬ」

「でも、光之助が寂しい思いをしているのではないかとおもうと……」

いいかけたところで、綾は表情をあらためた。

「お義姉《ねえ》さま。おうかがいしたきことがあります」

恵以ははっと身をこわばらせた。綾は、光之助がいまだに顔を見せないことを不審におもっているにちがいない。行方知れずになったと気づいているのか。恵以の顔がひきつったのは、どこまで話せばよいか、とっさに判断がつかなかったからだ。

「光之助に、なにが、あったのですか」

答えに窮して、恵以は目を泳がせた。

と、そのとき――。

「わたくしから話しましょう。ようよう考えて、お話しすることにしました。綾どの、恵以どのも、こちらへいらっしゃい」

珠世は二人を手招いた。珠世は今まで台所で小豆《あずき》を茹《ゆ》でていた。今は前掛けをはずして膝の上に置いている。茶の間の片隅では赤子が寝息をたて、そのかたわらで沙耶が端切《はぎ》れを並べて遊んでいた。

恵以と綾は縁側に上がって、並んで膝をそろえる。

「綾どののお養母《かあ》さまがお風邪を召されたために、妹の志保さまが光之助どのをご自分のお屋敷へおつれしたそうです」

「妹……片岡家の……光之助は品川にいるのですか」

「品川宿は御台場の築造でごったがえしています。志保さまが目を離した隙《すき》に、光之助どのは迷子になられ……」

「迷子ッ。光之助がッ」

綾は顔色を変えた。すぐにも飛んで行きたそうに腰を浮かせる。

珠世はすっと手を伸ばして、綾の手をにぎった。

「さぞや驚かれたでしょうね。居ても立ってもいられぬお気持ちはようわかります。なれどここは、地理に詳しい者たちに任せましょう」

「お姑さま……」

「幼子の足ではそんなに遠くへはゆけませぬ。皆で捜しているそうですから、すぐに見つかるはずです。いえ、もう見つかっているやもしれませぬ」

珠世がいうと、恵以も身を乗り出した。

「綾さま。ご安心ください。お舅《とう》さまとわたくしがお迎えに参ります」

むろん安堵したわけではなかろうが、綾は小さく頭を下げた。自分が品川へ駆けつけてもかえって足手まといになるだけだと気づいたのだ。かたわらには綾のお乳を必要とする赤子も眠っている。

「品川へ行ってくださるのですね。恵以さま。よろしゅうお願いいたします」

「でしたら恵以どの、ひとつだけ。闇雲《やみくも》に捜しまわっても無駄骨になりますよ」

珠世が綾のあとをつづけた。

「はい。それはわたくしも考えておりました。もし光之助どのがだれかと一緒にいるのなら、そのだれかは、片岡家とかかわりがあるはずです」

「でなければ、こたびの御台場築造に腹蔵《ふくぞう》のある者か」

「お姑さま。お姑さまがなにを仰《おっしゃ》りたいか、わたくしにもわかります。人がなにかをするときは必ずわけがある、まずはそのわけを知ること……」

「そう。理由がわかれば、とるべき道も見えてきます」

取り乱したり喧嘩腰になったりすれば、見えるものも見えなくなる。珠世と恵以のやりとりを、綾も神妙な顔で聞いている。

伴之助と恵以は昼前に出立《しゅったつ》した。

恵以は鷹姫さまと呼ばれていたころのような男装である。鷹を扱うときに必要な籠《こ》手《て》や伏衣《ふせぎぬ》をつけて、腰には餌籠《えかご》をぶら下げ、ぶちと呼ばれる棒や鷹の足環《あしわ》に結わえる縄まで持参している。

品川宿は聞きしに勝る混雑だった。まるで日本中からかき集められたかのような夥《おびただ》しい人夫の数にも圧倒されるが、宿場全体が濛々《もうもう》たる砂ぼこりに煙っているのも尋常とはおもえない。これではたしかに、子供一人見つけるのは至難の業だろう。

二人は、光之助が寝かされていたという片岡家の座敷や、開いたままになっていたという裏木戸、屋敷のまわりなどを見て歩いた上で、妻女の志保と主だった侍女から話を聞いた。

「ここ数日の妙な出来事？　さようなこと、なんのかかわりがあるのですか」

志保はけげんな顔をしたものの、侍女たちの話は手がかりのひとつとして大いに役立った。

「数日前に石を投げた者がおります。近所の悪童のいたずらかとおもいましたが」

「そういえば十日ほど前でしたか、裏木戸の前に土砂が積まれておりました。もっこで運ぶ際に急用でもできて、ここへ捨て置いたのではないかと皆で話しました」

「おもてへ出るたびに、だれかに見られているような気がいたします」

「あれ、わたくし、妙な男に話しかけられましたよ。あれはいつだったか、主《あるじ》はおるか、と。お武家ではのうて、商人の風体でした」

伴之助と恵以は顔を見合わせる。

「御殿山は桜の名所だ」

「ええ。お江戸の桜はここから満開になるとか、たいそうな人気だそうですね」

「花見ともなれば、毛氈《もうせん》に幔幕《まんまく》、酒盛りをする者たちであふれる。花見客のため諸々《もろもろ》の仕出しをする商人は濡《ぬ》れ手に粟《あわ》だったにちがいない」

遊興地には縄張りがある。商いをしているのは茶屋や料理屋などの小見世でも、裏では地元の元締が仕切っている。

御殿山が切り崩されることになった。花見はもとより遊山《ゆさん》の客がいなくなる。小見世は立《た》ち退《の》きを余儀なくされて、元締まで大打撃をこうむる。

「立ち退きをさせられた者たちが、うっぷん晴らしをしているのですね」

「元締にそそのかされたのだろう」

「光之助どのをつれ去ったのもその者たちでしょうか」

「やつらにとっては飛んで火に入る夏の虫だ。手元に置いておけば威《おど》しのネタにもなるし、恩を着せることもできる。さらったのではない、迷子を保護しただけだと言い訳はつくし、こたびのことでなにか要求してくるつもりなら、なおのこと好都合だ」

予想外の獲物を得て、おそらく使い途《みち》を考えているにちがいない。もしそうなら、光之助が無事でいることだけはたしかだろう。

「目星はついた」

「でも、とりもどすまでは安心できませぬ」

「そのための御鳥見役だ。恵以どの、われらの出番だぞ」

「はい。お任せください」

一刻の猶予もならない。御殿山で遊山客相手の商いをしていた者たちから元締の住《す》処《か》を聞き出すことが手始めだ。二人は勇んで出かけて行った。

五

元締の屋敷は御殿山に隣接する長者町にあった。長者町は三方を東海寺、天王社、瑞泉院《ずいせんいん》にかこまれている。その名のとおり、武家屋敷とちがって粋《いき》な造りの家々が並んでいる中でも、その屋敷はひときわ豪壮だった。手広く商いをしているというから、ここは別荘のようなものか。

元締の名は鐙庄兵衛《あぶみしょうべえ》、真偽はともあれ先祖は太田道灌《おおたどうかん》の家臣だったそうで、大名や旗本に金も貸しているらしい。そのせいか、こたびのことでも真っ向から幕府に楯突《たてつ》く気概はないようだ。ただしそのぶん憤懣《ふんまん》やるかたなく、小見世の者たちをけしかけて嫌がらせをしているとも考えられる。

伴之助と恵以は、片岡家の下僕二人を供につれ、元締の屋敷を訪ねた。

「将軍家の御鷹《おたか》さまが迷子になられた。この界隈に迷いこんでおられるやもしれぬゆえ、家探しをいたす」

将軍の鷹とあれば問答無用。突然の、それもおもいもよらぬ出来事に屋敷の者たちが右往左往しているうちに、一行は屋敷内へ押し入ってしまった。

「あ、お待ちを。庭へはこちらから……」

「御鷹さまは家内にはおりません。散らかっておりますので、どうかご勘弁を」

「ええ……これはその、ほんのご挨拶のおしるしに……」

懸命に引き止め、袖《そで》の下まで差し出して追い返そうとする家人たちを一喝して、伴之助と恵以は家探しをはじめる。光之助はこの屋敷内に囚《とら》われているはずだ。たとえ隠し部屋に押し込められていたとしても必ず見つけだし、もしや縁の下にいるなら床板の一枚一枚をはがしてでも助け出さなければならない。

気合十分……のはずが、二人は肩透かしをくわされた。

光之助は、囚われても隠されてもいなかった。奥座敷で遊んでいた。子供の喜びそうな玩具《おもちゃ》や菓子にかこまれて、はしゃいでいる。遊び相手をしているのはいかにも小見世の親父《おやじ》といった風体の初老の男で、光之助にふりまわされて額に汗を浮かべながらもうれしそうに目を細めていた。

「おっちゃん。お馬になって」

「へいへい。よっこらしょっと」

「これ、食べていい?」

「金平糖か。食いすぎると腹をこわすぞ」

人の気配に気づいて、二人は同時に顔を上げた。

「あ、伯母ちゃんッ」

光之助は三方の上の金平糖へ伸ばしかけた手を引っこめて、恵以のもとへ駆けてきた。恵以は抱きとめてやる。といっても、光之助は甘やかされていたようで、助けを必要としているようには見えない。

「これは、どういうことだ？」

伴之助は男に詰めよった。

「どういう、とは、なんのことで……」

男はもの柔らかな声音で訊《き》き返した。瘦《や》せぎすの体に似合わぬ丸顔の、くっきりとした目の奥に、研ぎ澄まされた鏃《やじり》のような光が見え隠れしている。

「おぬしにいっても埒《らち》は明かぬか。鐙庄兵衛はどこにおる？」

「手前が庄兵衛にございます」

「なんと？　おぬしが、この家《や》の主……」

「さようで。目明しはこすっからくて、火盗改《かとうあらた》めは鬼より怖い。豪商は脂《あぶら》ぎった金の亡者《もうじゃ》で、手前のような者は泣く子も黙る大悪党……そんなふうに、なんでもかでも決めつけてかかるのは、あんまし感心いたしませんな」

伴之助も恵以も一瞬、言葉を失っていた。鋭い眼光からして只者《ただもの》ではない。庄兵衛の言葉を鵜《う》呑《の》みにするわけにはいかないが、たしかに庄兵衛のいうことにも一理あった。元締が子供と遊んでいてもおかしくはない。

「では訊こう」と、伴之助はぐいと身を乗り出した。「なにゆえ、光之助はここにおる？」

「迷子になっておられたそうで、若い衆がおつれいたしました」

はじめは母親が化け物に食われるといって泣いていたが、化け物などいないといってやると元気になったという。

「だれかが異人のことを化け物だと教えたのでしょう。馬鹿《ばか》げたことでございます。だいたい、異人を追っ払うために砲台を築くなど愚の骨頂。馬鹿らしゅうて話にもなりません」

「それで、お上に楯突こうというのか」

「楯突くなど、めっそうもございません。呆《あき》れてはおりますが、手前どもがなにをいったところで、どうなるものでもございませんでしょう」

「腹いせにうっぷん晴らしをしているそうではないか」

「それを仰せなら、親子代々暮らしてきた家を奪われ、商いもできない、となればうっぷん晴らしのひとつもしとうなりましょう。別にけしかけたわけではございませんが、皆の気持ちをおもえば、手前としても止めることはできません」

実際は裏で糸を引いているのではないか。怪しいとおもっても、今は証拠がなく、これ以上、責められない。

「では……なにゆえ子供を屋敷へ帰さぬ?」

伴之助が話の矛先を変えると、庄兵衛は心底、驚いたような顔をした。

「どちらのお屋敷へお帰しいたせばよろしいので？」

「どちら？　それはむろん……」

「片岡家へは知らせなんだのですか」

と、そこで恵以が口をはさんだ。

「片岡家？　このお子は片岡家のお子ではないのでは……」

「でも、武家の子ですよ」

「へい。若い衆が御殿山へ出むいて、迷子のお子がいるとお武家さまがたにお知らせいたしました。その場には片岡さまのご家来衆もいらしたそうですが、うるさい、じゃまだ、失《う》せろと、耳も貸していただけなかったそうで……。それで坊にうかがいましたら、片岡家のお子ではないと。どこか遠くからいらしたご様子ですから、今、家の者たちにお探しするよう、話しておったところでございます」

庄兵衛が「坊」と手招きをすると、光之助が駆けてきた。庄兵衛の膝《ひざ》にちょこんと座ったところは、祖父が実の孫を抱いているようにも見える。

「坊。お迎えが来ましたぞ」

「やだ。ここにいる」

「おっ母《か》さんが待っておられるそうにございます」

「あ。母《かか》さまッ。母さまはどこ？」

光之助は目を輝かせた。

「さぁ、お行きなされ」

「光之助どの。母さまのところへ帰りましょうね」

恵以がいうと、光之助は一瞬ためらったのちにうなずく。

結局、伴之助は鐙庄兵衛を捕え、番所に差し出すことはできなかった。お上への憤《いきどお》りを胸に秘め、武家の子供を手元へ置くことになんらかの魂胆があったとしても、今の時点で庄兵衛がしたことは迷子を保護し、面倒をみてやったというだけだ。むしろ善行である。

「片岡家と永坂家にかわって、礼をいう」

伴之助は帰り際《ぎわ》、庄兵衛に感謝の意を表した。

片岡裕右衛門の妻女、志保は、伴之助とは正反対だった。

帰路、伴之助と恵以が光之助を伴って無事を知らせるため片岡家へ挨拶に立ち寄ると、妻女は光之助を抱きしめて感涙にむせぶ一方で、鐙庄兵衛への憎悪《ぞうお》をむきだしにした。

「どんなに肝《きも》を冷やしたか。心配で心配で……捜しまわり、夜も眠れず、わたくしは倒れる寸前でしたよ。もし光之助どのになにかあったら、永坂の家に申しわけがたちませぬ。あちらは大御番組という重き御役、片岡はこの先、どれほど肩身の狭い思いをすることか」

庄兵衛の話が本当なら、御殿山のほうには報《しら》せがいったはずだが、だれも迎えに行かなかった。そもそも裕右衛門は、家臣を光之助の探索に当たらせようともしなかったのである。

「ともあれ無事だった。鐙庄兵衛も、子供に害を加えるつもりはなく、威すつもりもなく、御台場に迷《まよ》い子を預かっていると知らせたそうだが」

「どうだか……あの手の者たちには表の顔と裏の顔がありますからね。あのままならどうなっていたか」

「しかし、もう済んだことゆえ……」

「いいえ。さんざんな目にあいました」

「あの者たちはある日突然、代々の土地が切り崩されて跡形も無うなった。それだけではない、住まいと商いを奪われた。……そのむごさと悔しさをおもえば……」

伴之助は妻女の気を鎮めようとしたが、上手《うま》くいったとはいえなかった。

「この火急のときにさように手ぬるいことを仰せられるゆえ、異国に攻められるのです」

「異国が攻めてくると決まったわけではあるまい」

「攻めて参るゆえ、砲台を築いておるのでしょう。恐ろしいことじゃ。わたくしは里家《さと》へ帰ります」

ぐずぐずしていれば、光之助も一緒に、などといいだしかねない。伴之助と恵以は早々に退散することにした。

「あの庄兵衛さんですが、少なくとも異国については、お姑さまと同じ考えでしたね」

帰り道で、恵以は庄兵衛の話をおもいだしていた。

「異人は化け物ではない、ということか」

伴之助がつづけようとすると、光之助が恵以の腕を引っぱった。

「母さまは、化け物に、食われちゃったの？」

恵以は光之助の肩を抱きよせる。

「まさか、さようなことはありませんよ。光之助どのの母さまはぴんぴんしておられます。その上にね、光之助どのが大喜びするような贈り物を用意して、待っていらっしゃいます」

「玩具？　お菓子？　あ、金平糖だッ」

「いいえ。もっとずーっとよいもの。玩具のように飽きないし、お菓子みたいになくならない……でも、一緒に遊べて、一緒に笑うこともできる……」

光之助はなんだろうと鼻の頭にしわをよせて考えている。

「綾さまはお幸せですね。喧嘩をしたり仲直りをしたり……こんなに愛らしいお子たちの成長を見守ることができるのですもの」

「兄弟はよいものだ」

「ええ。久太郎さまもいつもいっておられます。昔はそうばかりではなかった、うっとうしいことのほうが多かったそうですが……」

伴之助は頰をゆるめた。

「兄弟喧嘩をするたびに母はやきもきしようが……それもまた、よいものだろう」

一刻も早く母に会いたくて駆けだそうとしている光之助、なにも知らずにすやすやと寝息をたてる赤子……矢島家では、綾が赤子をあやしながら、祈るような思いで光之助を待ちわびている。

白や黄色の野菊が咲く道を、三人は雑司ケ谷へ帰っていった。

六

秋も深まった一日、矢島家ではこの日も家族がそろって夕餉《ゆうげ》をとっていた。

綾はとうに永坂家へ帰っている。が、居候《いそうろう》の登美と松井次左衛門を加えて七人、いつもながらのにぎやかな食事である。

男と女、主人と居候、さらには幼い子供までが同じ座敷で食事をするのは武家ではめったにないことで、もってのほかだと眉《まゆ》をひそめ、

「食事時のおしゃべりは無作法ですよ」

などと文句をいいつづけていた登美も、いつのまにか矢島家の流儀に染まっている。

「次左衛門どのと本住寺《ほんじゅうじ》へ墓参に参りましたらね、ご住職が仰《おお》せでした。綾どのが久右衛門《きゅうえもん》さまのお墓に新十郎《しんじゅうろう》どのを見せにいらしたと……」

珠世の亡《な》き父、久右衛門と綾は深い因縁で結ばれていた。綾がいち早く赤子の顔を見せたいとおもうのは当然だ。

赤子は、永坂家の先々代の幼名をもらって新十郎と名づけられた。光之助の養子縁組は、久之助と綾が断固反対しただけでなく、光之助の迷子に胸を痛めた永坂家の養父母も考えをあらため、速やかに白紙にもどされた。綾は目下、二児の母となった幸せを満喫している。

「それにしても、ご無事でようございました。あとでうかごうて、ぞっとしました」

登美の話に、伴之助がはっと顔を上げた。

「そういえば……いや、今はやめておこう」

伴之助がいいかけてやめた話を珠世や恵以が聞いたのは、夕餉のあとかたづけをすませて沙耶を寝かしつけ、二人が茶の間へもどってからだった。

「鐙庄兵衛が明朝、島送りになるそうだ」

恵以は一瞬、虚をつかれたように目を瞬《しばた》いた。

「光之助を保護していたとかいう、御殿山の元締ですか」

「砲台の築造など馬鹿馬鹿しいといっていたというお人ですね」

久太郎と珠世が口々に訊き返す。

「さよう。異例の速さで島送りとなったのは、この危急のときに、庄兵衛の扇動で騒動が起こりでもして、砲台の築造が遅れたり、中断させられたりしては困ると案じたからだろう」

「でも、庄兵衛さんは、お上に楯突く気はないといっておりましたよ」

恵以はけげんな顔だった。御殿山から追い出された者たちがそのうっぷん晴らしで武家にあたりちらしたことはあったようだが、そしてその後ろに庄兵衛がいたとしても、それが島送りにされるほどの大罪だろうか。元はといえば、彼らのほうが被害者なのである。

伴之助はため息をついた。

「片岡裕右衛門さまが訴え出られたそうだ。子供をさらい、酷《ひど》い目にあわせた、断じて許せぬ……と」

「なんですってッ」

恵以は自分でもおどろくほどの鋭い声をあげている。

「光之助どのは酷い目にあわされてなどおりませぬ。それより、片岡さまこそ、探索に人をよこすことさえ、なさらなかった。それを今になって……」

「恵以どの……」と、珠世が口をはさんだ。「納得のゆかぬ気持ちはようわかります。庄兵衛さんというお人にわたくしは会うていませんが、たとえ世間から眉をひそめられるようなことをしていたにせよ、少なくとも、片岡さまより情の深いお人でしょう。

わかってはいても……」

「世間の見る目はちがう。情など二の次、そういうことですね、母上」

久太郎がいうと、伴之助もうなずいた。

「庄兵衛も同じようなことをいっていた」

「だからといって……光之助どののことがまちがいだったとわかれば……」

「いや。あの近辺には庄兵衛から借財をしていた武家がいくらもある。片岡家も借りていたらしい。これですべてが棒引きになるとなれば……」

庄兵衛が体よく厄介払いをされたのは、異国や異人という化け物の脅威を重く見たからではない。もっと狡猾《こうかつ》な化け物——土地と商いを奪いこの機に乗じて借金を帳消しにしたい武家たちの策略によるものだった。

「不愉快な、胸の痛む出来事ですが、ひとつだけ、よいことがあります」

珠世は恵以にえくぼを見せた。

「光之助どのが、片岡家のご養子にならずにすんだことです」

翌朝、伴之助と久太郎を御用屋敷へ送り出したあと、珠世と恵以は沙耶をつれて鬼子母神《きしもじん》へ参詣《さんけい》に出かけた。

畦道《あぜみち》をたどり、弦巻川《つるまきがわ》の土手へ出て、小さな木の橋を渡る。

「あ、あれ」

鬼子母神の社《やしろ》の森へ足をふみいれるや、沙耶が道端を指さした。熟れきって赤くはじけた柘榴《ざくろ》がころがっている。

「沙耶ちゃんがもう少し大きゅうなったら、鬼子母神の謂《いわ》れを話してあげましょう」

「いや、お祖母《ばあ》ちゃま、今、話して」

珠世の腕をふりたてる娘を、恵以は抱き上げた。

「怖ぁい鬼が、子供をいっぱいさらっていたのですって。でも、自分の子供がさらわれたらとても悲しくなって、それからは、よい鬼のお母さんになった、というお話」

どこまでわかったか、それでも沙耶は神妙な顔で聞いている。

「怖い鬼のお母さんでも、わが子はなにより大切なのです。お母さんも沙耶ちゃんが大好き。ほうら、沙耶ちゃん、大好きだから食べちゃおうかしら」

恵以が頬を寄せると、沙耶はくっくと笑って身をよじらせる。沙耶を地面に下ろし、駆け出すままにさせて、恵以は珠世に目を向けた。

「お姑さまは、わたくしが今朝なにをしたかったたか、おわかりでしょうね」

珠世はうなずく。

「遠島《おんとう》になる庄兵衛さんを見送りに行きたかった、ちがいますか」

「そのとおりです。行けないことはわかっていますし、たとえ行ったところで会えるともおもえませんが……できるなら、ひと目会うて……」

「目を合わせ、お辞儀をする……」

「なんでもお見通しなのですね。そう、それだけでよいのです」

「ええ。庄兵衛さんも気づくはずです。おや、と首をかしげ、それから少しほっとしたように会釈《えしゃく》を返す。一人でも、自分をわかってくれた人がいたことに胸を熱くして……」

恵以は笑みをもらした。

「変ですね。知り合いでもないし、知り合いたくもない。たいして話をしたわけでもないし、光之助どののことだって、腑《ふ》に落ちないところが、ないわけではない。別に見送る義理もないのですが……」

「お姑さま……」

けれど朝靄《あさもや》にけむる船着場の景色は、恵以の胸に長く残るにちがいない。

「さぁ、祠《ほこら》で手を合わせましょう。旅立つお人に思いがとどくように」

「はい」

恵以は「いらっしゃい」と沙耶を呼んだ。

風が流れて紅葉が散りかかる。

母と祖母に駆けよって手をつなごうとした沙耶は、その手を紅葉のほうへ掲げて、きゃらきゃらと無邪気な笑い声をたてた。

第五話　天《てん》狗《ぐ》の娘

一

黒船来航にわいた嘉永《かえい》六年が駆け去り、新たな年がやってきた。といっても、ざわついた世相があらたまることはなさそうで、門松を立て、初日の出を拝み、屠蘇《とそ》と雑煮で祝う正月はおなじでも、例年とはどこかがちがっている。

そうおもうのは、珠世《たまよ》だけではないようで——。

「おや、もう召し上がらないのですか」

雑煮のおかわりを勧めようとした恵以《えい》は、石塚源太夫《げんだゆう》の椀《わん》をのぞきこんで首をかしげた。大食いの源太夫はいつもなら真っ先に椀を空にする。

正月二日のこの日は、石塚一家が年賀に訪れ、両家はいっしょに祝いの膳《ぜん》をかこんでいた。風もなく穏やかな日和《ひより》で、近所の空き地からは凧揚《たこあ》げや羽根つきに興ずる子供たちの声が聞こえている。

「家中《かちゅう》がなにやかやとあわただしゅうての……気の休まるときがないのだ」

源太夫が弁明するのを聞いて、珠世は忍び笑いをもらした。

「源太夫さまは、秋《あき》ちゃんがお嫁にいってしまったので意気消沈しておられるのでしょう。お顔にかいてありますよ」

「そのとおりです。このところ非番になると護国寺へ出かけてゆくのです。娘にばったり会えるのではないかと」

「馬鹿《ばか》を申すな。さようなことはないぞ。れっきとした御用があるゆえ……」

妻女の多津《たづ》に笑われて、源太夫は子供のように頬をふくらませた。

石塚家の次女の秋は、陸奥国磐城平《むつのくにいわきたいら》藩主で奏者番と寺社奉行を兼ねる安藤長門守《ながとのかみ》の家臣、元木勇五郎《ゆうごろう》と霜月の終わりに祝言《しゅうげん》を挙げた。夫婦は護国寺の近くにある下屋敷の長屋に住んでいる。

「秋ちゃんなら心配はいりませんよ。自分の道は自分で切り拓《ひら》く娘ですから」

「小母《おば》さま。父上は心配しているのではありません。手塩にかけて育てた姉上を横からさらわれたので、寂しゅうて悲しゅうて、それでへそを曲げておられるのです」

「さようでしたね。では、これからは雪《ゆき》ちゃんが、秋ちゃんのぶんもお父上に孝養を尽くさないと」

「はい。そのつもりです」

しおらしく応《こた》えた雪も、この正月で十八になった。はねっかえりの秋とちがって雪には早くから縁談が持ちこまれていたから、口とは裏腹に、そう遠くないうちに嫁いでゆくにちがいない。

「わたくしも娘たちを嫁がせた当初は寂しゅうて……でも、恵以どのがきてくれました。おかげで沙耶《さや》という孫娘もできましたし……」

「娘が嫁にもいかず、長々と居座られたら、それはそれで悩みの種だぞ。源太夫どのも、そろそろご子息たちに嫁御を迎えてやってはどうかな」

伴之助《ばんのすけ》の言葉に、源太夫より先に多津がうなずいた。

「探しているのです、良きご縁がないか、と」

「それにしても、あのお子たちがねえ……」珠世は雑煮を食べるのに余念がない源太郎《げんたろう》と源次郎《げんじろう》に愛《いと》しさのこもった目をむける。「いたずらざかりの腕白坊主《ぼうず》、とりわけお二人は、よるとさわると喧嘩《けんか》でしたね」

「おう、そうだ。喧嘩といえば、あれはこいつらが小僧っ子のころの正月だ、天狗《てんぐ》の面を奪いおうて大喧嘩をしたことがあった。覚えておられるか」

源太夫が勢いこんでいった。話題が自分からそれたので、ここぞとばかり話をつづけようというのだろう。

「ええ、覚えておりますとも。たしか、鬼子母神《きしもじん》で買うた木彫りのお面でしたね。あまりに見事なのでびっくりしました」

珠世がいうと、久太郎《きゅうたろう》も身を乗りだした。

「なつかしいなあ。それならおれたちも買うてもらった。あの面……そうか、久之助《きゅうのすけ》が持っていったから、今も永坂《ながさか》家に飾られているはずです」

「うむ。浪人の手すさび、なんぞというておったが、玄人《くろうと》はだしのたいした技よ」

「今もまだ天狗のお面を売っているのですか」

「寅吉《とらきち》というたか、さすがに老いたが頑固一徹、他はいっさい作らぬ。ところが、今年は飛ぶように売れておるそうだ」

「そうなのです」と、多津。「ペルリの顔にそっくりなのですって。ここへ来る前に初詣《はつもうで》をしてきましたが、他にも、異人が攻めてきたときのために備えておくべき品々……黄金色のつけ髭《ひげ》だの大きなつけ鼻だの、水中へもぐるときにかぶる革袋だの……怪しげな品々を売る見世が山ほど出ていましたよ」

鬼子母神にかぎらない。正月だけのことでもなかった。近ごろは縁日というと異人に想を得た珍妙な品々が陳列されて、江戸庶民の関心を集めている。

「そういえば、深川のどこやらでは、車輪のついた船を売りだした者がいるそうです。

あっという間に沈んでしまって、物笑いの種になったんですと」

「品川あたりの縁日では、砲弾よけの兜《かぶと》がたいそうな人気だそうにござる」

矢島家の居候《いそうろう》、登美《とみ》や松井次左衛門《じざえもん》まで話に加わって、にぎやかなひとときが流れてゆく。

いったんは退却した黒船だが、年明け早々にも再来が噂《うわさ》されているので、海べりの住民は正月どころではないのだろう。江戸城中では今このときも、重臣たちが今後のことを案じて気の安まることもないはずだ。

例年どおりとはいかないまでも矢島家が長閑《のどか》な正月を迎えられたのは、海岸沿いではなく、雑司《ぞうし》ケ谷《や》の御鳥見役《おとりみやく》組屋敷内に住んでいるからだった。

「さぁ、食べ終えたら、あちらでかるたをしましょう」

恵以の呼びかけで、一同は次々に膳からはなれる。

「今年もいちばんになるぞ」

「おまえなんかに負けてたまるか」

「へん。兄貴は口だけ、いつだって負けるくせに」

こういうときの源太郎と源次郎は、まるで子供に返ったようだ。

「一炊《いっすい》の夢、なればこそ……」

珠世はえくぼを浮かべた。幸江《ゆきえ》、久之助、君江《きみえ》、里《さと》、秋、それにこんなときになると剛の者の威厳を見せて老いた背をことさら反らせていた亡《な》き父、久右衛門《きゅうえもん》……ここにはいない愛しい人々の姿が眼裏《まなうら》によみがえる。数々の正月風景、いくつもの楽しげな笑顔は、色褪《いろあ》せることなく、珠世の胸の奥にしまわれていた。

二

翌正月三日。鬼子母神の境内はこの日も初詣の人々でにぎわっていた。

通常なら名物の飴《あめ》や田楽、薄《すすき》細工のみみずくを売る見世があるだけで、あとは季節によってしゃぼん玉売りや絵馬売り、暦売りなどが入れ代わり立ち代わりやってくる。が、今は参道から境内までびっしりと屋台見世や乾《ほし》見世が並んでいる。

「寅吉さんといったかしら。天狗のお面はどこに……」

恵以はあたりを見まわした。

「お、あそこの人だかりではござらぬか」

沙耶を背中におぶった次左衛門が大木のかたわらを指さした。お堂の前にそびえたつ大木は銀杏《いちょう》で、「子授け銀杏」や「子育て銀杏」と名づけられて珍重されている。

「なにやら様子がおかしいようです。見てきますから沙耶を……」

「かしこまってござる」

次左衛門はかつて恵以の里家《さと》の家臣だった。恵以が矢島家へ嫁ぐ前は恵以の守役《もりやく》をしていたこともあったから、今でもともすれば主従のような話しぶりになってしまう。

足を踏みだしたとき、怒声が聞こえてきた。声を荒らげているのは女で、男のしゃがれ声がいいかえしている。

「いったいいつまでこんなこと、やってるのさッ。お父《と》っつぁん一人くらい、面倒をみるって三之助《さんのすけ》さんが……」

「おめえらの世話にゃならねえ」

「せめて正月くらい、いうことを聞いたらどうだい。こんな寒いとこに一日中座って、今度倒れたらお陀仏《だぶつ》だよ」

「お陀仏でけっこう。へ、おめえになにがわかる。正月は書き入れ時だ。どけッ、じゃまだじゃまだ」

寅吉は五十代の半ばか、痩《や》せて貧相な男が、乾見世の天狗の面を並べた戸板のかたわらであぐらをかいていた。竿《さお》に吊《つ》るしてあるような子供だましの張り子の面ではなくて、木彫りに色付けをした飾り物の面である。評判が評判を呼ぶのか、まわりに集まっているのも子供ではなく大人が大半だ。一方、人垣の中から進み出た女は二十代の半ばほど、粗末な木綿物《もめん》を身にまとい、言葉づかいも乱暴だが、中高《なかだか》の彫りの深い顔立ちが人目をひく。怒ってはいても卑《いや》しさが感じられないのは、すっと通った鼻筋のせいかもしれない。

「頑固者ッ。娘がせっかく迎えにきてやったのに」

娘は地団太を踏んだ。

「とうに勘当した娘だ。親でも子でもねえや」

寅吉はそっぽを向く。

「お父っつぁんッ。まだそんなこと、いってるのかい。あの人のどこが気にいらないのさ。お侍になろうってがんばってるんだよ」

「そいつが気に入らねえんだ。身のほど知らずの大馬鹿者がッ」

「なんだいッ。ようもまぁ……いいさ、そんなら、どこでなりとくたばっちまえッ」

娘は目の前の天狗の面をとりあげて投げつけた。父親ではなくわざと膝下《ひざした》の地面を狙《ねら》ったところに、威勢のよさとは裏腹の気づかいが感じられる。

あっけにとられている野次馬の群れをかきわけて、娘は駆け去ってしまった。

恵以はため息をもらした。親子喧嘩はよくある。自分が首をつっこむことではない。

わかっていても、正月早々父と娘がやり合うのを見るのは心地よいものではなかった。

ともあれ、寅吉を見つけた。人垣が小さくなったので前へ進み出て、面を選ぶことにした。手彫りだから、おなじ天狗でも少しずつ表情が異なる。そこがまた味わい深い。おもいがけない散財になってしまうが、これなら沙耶より久太郎のほうが喜ぶだろうと恵以はおもった。

手を伸ばそうとしたときだ。数人の若侍が近づいてきて、その中の一人が横からさっと面をとりあげた。

「こいつだな、異人の面は。ひとつくれ」

寅吉の鼻先へつきだす。

寅吉は即座にひったくった。

「天狗だ。異人じゃねえ」

「しかしこいつは……」

「てめえには売らん。帰れッ」

「なんだッ、無礼なッ」

刀の柄に手をやった若侍を、他の者たちがなだめた。

「こんな親父《おやじ》のために命を棒にふるつもりか」

「そうだ、ほっとけほっとけ」

「異人のおかげで食ってるような野郎なんざ、相手にするだけ無駄ってものさ」

若侍たちは唾《つば》を吐き捨てて去ってゆく。

「それ、わたくしがいただきます」

恵以は、若侍たちの後ろ姿をにらみつけている寅吉の前にしゃがみこんで、巾着《きんちゃく》をとりだした。

「わたくしの夫は子供のころに買うたそうです。十年も十五年も昔のことですが、弟にあげてしまったと残念がっていましたから、きっと喜びます」

寅吉は顔を上げ、恵以をまじまじと見た。怒りに煮えたぎっていた双眸《そうぼう》が、別人のように和らいでいる。

「へい。そういうことでしたら、お代はいりやせん」

「それは困ります。いただくわけには参りません」

恵以は代金を押しつけた。乾見世に六十文と貼《は》りだしてあるから訊《き》かなくてもわかる。張り子の面の約三倍だが、出来栄《できば》えからすれば破格に安い。

寅吉はそれならおまけに……といって、親指ほどの木彫りの兎《うさぎ》をつけてくれた。

「まあ、可愛《かわい》い。沙耶にあげましょう」

「お嬢ちゃんですかい」

おいくつで、と訊かれて、この正月で四つになったと答える。

「なんでも口に入れてしまう癖がやっとのうなりました」

「娘もこいつを呑《の》んじまって……吐かせるのが大変でしたよ」

「さっきの……」と、恵以がいいかけたとき、次の客が面を突きだした。それをしおに、恵以は腰を上げる。次左衛門のもとへもどると、沙耶が地面に下りてむずかっていた。

「ほら、ごらんなさい。お面売りの小父《おじ》ちゃんが兎をくださいましたよ」

童女は小さな兎より天狗の面に興味をひかれたようだ。面をなでまわすにまかせて、兎は失《な》くさないよう袖口《そでぐち》から落としこむ。

「まずはお参りをすませましょう」

人混みの中、三人は本堂へ歩きはじめた。

三

稽古《けいこ》のあと井戸端で顔や手足を洗っていた源次郎は、ふっとけげんな顔になった。

「おい。どうした。なにかあったのか」

隣でやはり汗をぬぐっている矢内《やない》三之助に目をむける。ぬぐうはずがそのまま放心したように突っ立っている姿は、青白い顔と相まって尋常には見えない。

「い、いや。別になにも」

答えはしたものの、三之助の目は泳いでいた。

「おぬし、妙だぞ。このところいつも上の空だ。稽古にも身が入っておらぬようだし、ろくに寝ておらぬのではないか」

三之助は多摩の農家の三男である。天然理心流の剣術を教える試衛館《しえいかん》は、出稽古がさかんなことでも知られていた。道場主である近藤周助《しゅうすけ》の出稽古で腕を上げたのがきっかけとなり、三之助は江戸へ剣術修業に出てきた。腕を買われて道場主の養子となった嶋崎勝太《かった》とおなじく、武士になるのが夢だとか。性格は真面目《まじめ》一辺倒で、人一倍、稽古に熱心な若者だった、少なくともこれまでは。

三之助のように、武士に憧《あこが》れる百姓や町人の倅《せがれ》が増えているのは、黒船の来航ともかかわりがある。異国の襲撃に備えて、幕府が一般からも広く兵を募るのではないかとの噂が聞こえていた。腕を磨き、手柄を立てれば、武士に取り立てられる道も拓けるかもしれない。となれば、自《おの》ずから稽古にも身が入るというもので……。

「郷里でなにかあったのか。それともご妻女になにか。もし心配事があるなら……」

三之助は三月ほど前に妻を娶《めと》った。押しかけ女房だそうで、双方とも親の許しは得ていない。が、律儀《りちぎ》な三之助は長屋の住人たちを招いて盃事《さかずきごと》のまねをしたと聞く。

「心配ご無用。よけいな……あ、いや、お気づかいはなされませぬよう」

辞儀をするや、三之助は逃げるように立ち去ってしまった。

そういえばつい先日、三之助が強面《こわもて》の侍たちにかこまれているところを見たと弟子の一人から教えられた。なにやら異様な雰囲気だったという。もしや、厄介事に巻きこまれているのではないか。

気にはなったが、さほど親しくもない源次郎にはそれ以上どうするすべもなかった。三之助が試衛館の仲間以外の武士とつきあっていても不思議はない。喧嘩をすることだってあるだろう。上手《うま》くゆかぬことはだれにもあるし、行く末の不安があるから、眠れぬ夜もあるだろう。

「知ったことか」

いったんは放念した源次郎だったが——。

数日後、初出稽古の帰りに矢島家へ立ち寄った際、遅ればせながら年賀にやってきた菅沼隼人《すがぬまはやと》とばったり顔を合わせた。妻子はとうに里家へ年賀にきたそうだが、御徒《おかち》目付という多忙な役についている隼人は、二日にはもう登城していた。例年にないあわただしさもまた、黒船来航の余波である。

「おう、源次郎か。試衛館の稽古はどうだ。上達したか」

かつて隼人と矢島家の次男、久之助は、栗橋《くりはし》道場の高弟として切磋《せっさ》琢磨《たくま》する仲だった。当時、まだ子供だった源次郎は、二人のようになりたいと憧れて剣術修業に励んだものだ。道場の主《あるじ》が引退してしまった今は試衛館へ移って剣の腕を磨いている。

「はい。久々に一度、お手合わせを願いとうございます」

「こっちは稽古不足の身、易々《やすやす》と負かされそうだな」

「お役目でも、剣の腕を役立てておられると聞いておりますよ」

二人は珠世と恵以のもてなしをうけながら、近況を語り合った。

「菅沼さまも海防に駆りだされるのですか」

「これからはそうなるやもしれぬ。大名家にばかりまかせてはおけぬ」

「広く兵を募る、という噂もあるようですが……」

「ゆくゆくはそうせざるを得ないだろう。が、ああだこうだというばかりで、話がまとまらぬ。問題は棚上げで、実のある策はなにもない」

幕府は目下、混乱の極みにあるという。隼人は浮かない顔だ。

「試衛館の近藤先生のように、志と覇気のある若者を育てて登用してくださるお人が増えればよいのですが……。ただ刀をふりまわし砲台をつくるだけでは、何の解決にもならないのでは」

珠世が話に加わった。

恵以もうなずく。

「お姑《かあ》さまのおっしゃるとおりです。世の中が物騒になってきましたもの。鬼子母神の初詣でも、異人退治の品々ばかりが目について……」

「そうなのです」と、隼人が相槌《あいづち》を打った。「どさくさにまぎれて悪事を働く者も増える一方……。年末に盗賊追捕《ついぶ》のお触れが発布されましたが、どこのご家中も家臣だけでは手が足りず、手当たり次第に人集めをしているようなありさまで……」

隼人はそこで「そうだ」と源次郎へ目をむけた。

「用心するよう皆にもいうてくれ。とりわけ町道場は剣の心得のある者が集まっている。その腕を役立てて当家の家臣に取り立てたいと誘われれば、見境もなく飛びつく者が必ず出る」

源次郎は首をかしげた。

「よいではありませんか。仕官したい、武士になりたい……そう願えばこそ、だれもが稽古に励んでいるのです。家臣になれるなら、それに越したことはありません」

「しかし内証はいずこも厳しい。そう易々と家臣に取り立てるものか」

「ですが手柄を立てれば……」

「真《まこと》の話であるなら問題はない。が、昨今は不良旗本や不良御家人ばかりでなく、とんでもないまがいものの武士がわんさとおる。汚れ仕事をさせられたり、悪事の片棒を担《かつ》がせられたり、で、気がついたときは武士どころか盗賊の一味、のっぴきならぬことになっている」

「盗賊の一味……」

「家臣にしてやるからと誘われ、なにも知らぬまま夜盗まがいの悪事をさせられた者がいた。幸い捕縛されたおかげで、遠島《おんとう》ですんだ。が、あのままつづけていたらどうなっていたか。正式な家臣でなければ、不都合なことが起きたら、罪をおっかぶせて、いつでも切って捨てられる」

源次郎は動悸《どうき》が速まるのを感じた。よもや、あの矢内三之助が不良武士に騙《だま》され、悪事に引きずりこまれているとはおもいたくなかったが……。もし、万にひとつ、当たっているとすれば、すべてが腑《ふ》に落ちる。

武士に憧れて江戸へ出てきた。剣の稽古に没頭しながらも、心もとない江戸暮らしだ、不安をいっとき忘れさせてくれる娘に出会うや、後先も考えずに夫婦《めおと》になってしまった。と、そこまではよい。が、夫婦になれば暮らしむきの銭も必要だし、出世を焦《あせ》る気持ちもふくらむ一方にちがいない。そんなとき、いかがわしくても武家を名乗る者に声をかけられ、家臣に推挙してやると誘われれば、十中八九、承諾してしまうのではないか。

「源次郎どの。どうかしたのですか。お汁粉が冷めてしまいますよ」

恵以に声をかけられて、源次郎はわれにかえった。

「源次郎。心当たりでもあるのか」

「いや。あ、まあ……少々気になるやつならおります。多摩の百姓の倅で、武士になりたいと試衛館へ……腕の立つ、実直で心根のいいやつで、三月ほど前に妻女も娶って……ところが近ごろ様子が変なのです」

だからといって、それだけで悪事と結びつけるのは、あまりにも短絡にすぎる。源次郎は苦笑した。

「考えすぎでしょう。菅沼さまの話を聞いていたら、みんな怪しくおもえてきました」

「ははは。おれのせいか。ま、よう見きわめて、なにかあったら知らせてくれ」

「はい。そのときはお力をお貸しください」

源次郎はようやく気持ちを切り替えて、大好物の汁粉の椀をとりあげた。

四

恵以は幽霊坂にある本住寺《ほんじゅうじ》に来ていた。

本住寺は矢島家の菩提寺《ぼだいじ》で代々の墓がある。住職とも昵懇《じっこん》なので、まずは庫裏《くり》へ挨《あい》拶《さつ》に行き、それから在りし日の久右衛門の思い出話などしながら、つれだって矢島家の墓所へむかった。

昨年とちがい、今年は雪もなく暖かな日和である。どこからか梅の香が流れてくる。

「こうして墓参にうかがうと、世の中の騒がしさなど忘れてしまいますね」

梅花を探す目になってあたりを見まわした恵以は、あっと足を止めた。左手の藪《やぶ》の先に梅の木があり、その根元に小さな自然石の墓がある。しゃがんで手を合わせている女の顔に見覚えがあった。高々とした鼻梁《びりょう》とくっきりとした目は一度見たら忘れられない。

「和尚《おしょう》さま。あの娘さんは……」

「およしをご存知で？」

「およしさんとおっしゃるのですか。お名前は存じませんが、三が日に鬼子母神の境内でお見かけしました」

「およしの親父は面売りで、縁日となればどこへでも出かけてゆく」

「わたくしが見たときは親子喧嘩をしていましたよ。それも恐ろしい剣幕で」

「はっはっは。いまだに勘当は解けぬままか」

和尚の笑い声が耳に入ったか、およしは合わせていた手をほどいてこちらを見た。人なつこい笑みを浮かべてやってくる。

和尚は二人を引き合わせた。

「あれま、ヤなとこ、見られちまったんですね。お父っつぁんときたら、ほんとにもう、わからずやなんだから」

およしは眉根《まゆね》を寄せ、ちょこっと舌を見せた。口はわるくても、明るい気性の娘なのだろう。恵以はひと目で好感を抱いた。いや、先だってのやりとりからすると、娘ではなくて人妻か。

「寅吉さんは、手塩にかけて育てたおよしさんを横取りされたとおもっているのでしょう。父親とはえてしてそうしたものですよ」

恵以は、愛娘《まなむすめ》を嫁がせたばかりの源太夫の寂しげな顔をおもいだしていた。

「そんなこっちゃありませんよ。お父っつぁんはお侍が嫌でやめちまった人だから、三之助さんが武士になりたいといっただけで気に入らないんだ。そうなんです、それだけでカッカして勘当だ、出てけーッて」

「どうしてそんなに武士がお嫌いなんですか」

「さあ、訊いたって話しちゃくれないから。爪《つめ》に火をともすような暮らしをさせられてさんざん苦労をしたあげく、おっ母《か》さんはわたしが物心つく前に死んじまった。お父っつぁんは自分がおっ母さんを死なせたんだとおもってるんじゃないかしら。だって、おっ母さんが死んだとたんに侍をやめちまったんだから」

寅吉は生来、手先が器用だった。武士でなくなってからは、天狗の面を作って売り、なんとか生計を立ててきた。

「ほら、あれがはじまり」

およしが指さしたので、恵以はもう一度およしが拝んでいた墓へ目をやる。よくよく見ると、墓石に天狗の顔らしきものが彫られていた。

「そういえば、寅吉さんは天狗の面以外は作らないそうですね。なにかわけがあるのですか」

「おっ母さんが天狗の娘だったからでしょ」

「えッ」と、恵以は目をみはった。

ははは、と和尚が笑う。

「およし。おまえさんも幼いころ、天狗の娘と囃《はや》されてよう泣いとったぞ」

「わたしの顔も、そう、この鼻だっておっ母さんゆずり。お父っつぁんにはちっとも似てないもの」

「おっ母さんは天狗というより天女のように色白できれいだった。というても若死にしてしもうたから、ずっと若いままでむかしの記憶しか残っとらんが……」

ともあれ、武士を嫌って面売りになった男は、なぜか天狗の面を作りつづけている。

「だけど、だからって、お侍がみんなわるいってわけじゃないでしょう。三之助さんはお侍になって存分に奉公したい、異国から江戸を守りたいとおもってるんですよ。自分は三男だから、少しばかりの農地を分けてもらって畑を耕すよりも、もっと役に立つことをしたいって……」

恵以ははっと和尚の顔を見た。

「およしさんのご亭主は農家の……」

「多摩じゃ、ちょっとした地主らしい。このご時世では、鍬《くわ》を持つより剣の腕を磨きたいとおもうのも、ま、無理はないやもしれぬがの」

　むろん、おどろくことではなかった。今、武士になるなら剣術の腕を磨くしかない。昨今、江戸市中は剣術道場だらけで、武士以外の者たちにも門戸は開かれている。

「およしさんのご亭主は、もしや、市ヶ谷の試衛館に通うておられるのではありませんか」

　源次郎から聞いた話をおもいだしてたずねると、およしはうれしそうな顔になった。

「ご存知なのですか」

「やっぱり……。家族のように親しゅうしている男子《おのこ》も試衛館に通うているのです。姑《はは》は近藤先生と昵懇ですし……」

「近藤先生なら、わたしもお会いしたことがあります。一度だけ、三之助さんとご挨拶にうかがいました。夫婦になるとお話ししたら、先生はにこにこされて、だったらこれからはじっくり腰をすえて修業に励むようにって……」

　父親に認められない結婚を、近藤周助が認めてくれた。そのことが、およしはなによりうれしいらしい。

　はじめて話をしたおよしに、「ご亭主の様子はどうですか、最近おかしなところはありませんか」などとは訊けない。

「時が経《た》てば、寅吉さんもわかってくれますよ」

恵以はそんな気休めで話をおさめた。

およしと別れ、和尚といっしょに矢島家の墓参をする。

「そういえば、わたくしも、はじめはお祖父《じい》さまに疎《うと》まれておりました」

矢島家へ嫁ぐことになったとき、互いの素性を知らないまま、恵以と久右衛門は鷹《たか》をめぐって大喧嘩をしてしまった。「鷹姫さま」と呼ばれていた恵以は、およしに負けず劣らず勝気な娘だった。

「さようでしたな」と、和尚も目を細める。「久右衛門さまも、それは頑固で偏屈なお人じゃったゆえ。しかし、あれほど情の深いお人もいない……」

「はい。あんなふうに心が通じ合うとは、おもってもみませんでした。どんなに愛《いっく》しんでいただいたか……」

「雨降って地固まるともいう。寅吉とおよしも、そのうちいがみ合っていたことなどけろりと忘れる日が来るにちがいない。親子とはそういうものじゃ」

「さようですね。おもいがあればこその喧嘩ですもの」

にこやかにかえしながらも、恵以はまだ不安をぬぐえずにいた。父娘のことではない。およしの夫、三之助のことである。

恵以の心配は、ほどなく現実のものとなった。

五

強面の武士が三人、試衛館に押しかけてきたとき、源次郎は稽古の最中だった。

「矢内三之助はどこだ」

横柄《おうへい》な問いかけに弟子たちがざわめく。「何事だ」「名乗れッ」などと色をなした弟子たちを押しのけて、源次郎が応対に出た。

「ここ数日、顔を見ておりませんが、なにか……」

「用があるゆえ参ったのだ。まことにおらぬのか」

三人は疑わしげな目で四方を見まわしている。

「家はどこだ」

「存じませぬ。ここにいる者も……家に行き来するような仲ではありませんので」

「なれば道場主に訊いて参れ」

「近藤先生は稽古に出ておられます」

嘘《うそ》ではなかった。近藤周助も、周助の養子で周助の実家の姓を名乗っている嶋崎勝太も、この日は江戸近郊の道場へ出向いていた。

三人は顔を見合わせて舌打ちをした。

菅沼隼人から不良武士の話を聞いていなければ――三之助の身を案じていなければ――源次郎もむかっ腹をたてて無作法な武士どもに一撃を見舞っていたかもしれない。だがここで喧嘩を売れば、三之助の身に災いが降りかかる。いや、すでにもう、降りかかっているかもしれない。

「矢内三之助にいうておけ、約束を違《たが》えるな、と」

「また来る。何度でも押しかけるぞ」

「住まいを訊いておけ。よいな」

三人が肩を怒らせて帰ってゆくや、囂々《ごうごう》と非難がわきおこった。

「えらそうに、何様のつもりだッ」

「源次郎。なぜ一発、見舞ってやらなんだのだ」

源次郎は一同を鎮《しず》めた。

「相手にするな。稽古にもどれ」

それだけいって表へ飛びだす。正体をつきとめるのが先決だった。だからこそ、事を荒立てぬよう堪忍袋《かんにんぶくろ》の緒を引きしめたのである。

あとをつけるのは容易《たやす》かった。三人は警戒するふうもなく急ぐ様子もない。行き着いた先は試衛館からさほど離れていない四谷の武家町の中の屋敷だった。このあたりは、近年の配置換えで本所《ほんじょ》や深川から越してきた旗本や御家人の屋敷がひしめいている。

「岡村さまでしたら昨年、本所から越していらしたばかりで……なんとも……いや、おつきあいがあまりございませんのでご家中のことは存じません」

近隣の町人はあたりさわりのないことしかいわなかったが、名を口にするときの顔のしかめ方からして評判がいいようにはおもえない。とはいえ源次郎には屋敷内を探る口実がなかった。

「ここから先は菅沼さまの出番だな」

三之助がかかわっている武家の名がわかっただけでも、よしとしなければならない。源次郎は試衛館にもどった。稽古のあとは小日向《こひなた》の菅沼宅へ立ち寄る。君江に隼人への伝言を託した。餅屋《もちや》は餅屋、武家の内情を探るのは御徒目付の役目である。

翌日も三之助は稽古に来なかった。あの三人がまた乗りこんできたら、今度は近藤先生に事情を話して応対してもらうしかない。源次郎は身がまえていたが、三人は現れなかった。

ところが――。

帰り支度をしていたとき、嶋崎勝太に呼ばれた。

「源次郎。おぬし、昨日、柄のわるい侍どもに三之助の居所をたずねられたそうだな」

「はい。少々気にかかることがありましたので、あとをつけました。そやつら、四谷にある岡村家というお旗本の屋敷へ帰っていきました」

「旗本の家臣どもが、三之助に何用か」

「わかりませぬ。約束を果たすよう催促にきたのはたしかですが……」

「三之助はこのところ稽古に来ておらぬとか」

勝太は考えこんでいる。

「嶋崎さまは、なにゆえ三之助どののことを……」

「昨夕、三之助の住まいを知りたいと訪ねてきた者がいたそうな」

近藤周助の妻女ふでが応対にあたり、多摩からの急な知らせだというので住まいを教えた。が、あとでおもいおこしてみると、使いは農家の作男というより武家の小者のように見えたという。

源次郎は眉をひそめた。

「では、連中はもう、三之助の家を知っているわけですね」

「小者を使って居所を探らせたのがその、岡村家の家来どもだとしたら……うむ、何事もなければよいが……」

「嶋崎さま。これから三之助の家へ行ってみます」

「そうしてくれ。助けが必要なら知らせよ」

「はいッ」

勝太から三之助の住まいを教えてもらい、源次郎はただちに飛びだした。

矢内三之助が新妻のおよしと暮らす長屋は、弁財天のかたわらの弁天町にあった。剣の腕を磨くために江戸へ出てきた男だから試衛館の近くに住むのは当然で、弁天町も市ヶ谷の内である。

長屋はつつましいながらも坪庭のある、こぎれいな家だった。近隣の住人も町医者や検校《けんぎょう》、通いの番頭夫婦や渡り徒士《かち》の家族など、まずまずの暮らしぶりのようだ。夕暮れのこの時刻、家々からは食欲をそそる煮炊《にた》きの匂《にお》いがたちこめている。

源次郎は三之助の長屋の戸口で声をかけた。返答はない。三之助もおよしも留守らしい。近隣の家々でたずねてみたものの行先は不明。

「およしさんはちゃきちゃきした働き者、ご亭主は真面目で礼儀正しいお人でね、女房にぞっこん……仲睦《なかむつ》まじいご夫婦だよ」

「あんな出来たご亭主のどこが気に入らないんだか、およしさんのお父っつぁんのお許しが出ないんで、気の毒に、まだ身内の祝言は挙げていないんだってさ。ご亭主が一人前になったらそのときはって……いいねえ、若い者はサ、これからってもんがあるんだから」

三之助の評判はすこぶるよかったが、気になることもあった。

隣人によると、三之助はこのところ、昼間は家へこもりきり、夜になると長刀をつかんで出かけて行き、汗まみれになって帰ってくるという。

「およしさんにしてみりゃ、そりゃ心配に決まってるよ」

「どこでなにをしているか、およしはなにかいってなかったか」

「さあねえ。お侍になりたいってんで江戸へ出てきたご亭主だから、どこかの御前試合にでも出るつもりで稽古に励んでいるんじゃないかねえ」

それだけではなかった。もっと気になる話があった。

「どんなやつらだッ」

「暗いから顔は見えなかったけど、只事《ただごと》じゃなさそうだったって。声をかけるのもはばかられたそうだよ」

昨夜のことだという。長屋へ入る路地の手前で、三之助が数人の男たちと話しているところを長屋の住人の一人が目にしていた。

三之助は今朝、家へ帰らなかった。遅くなることもあるのでおよしは昼ころまで待っていたが、なにをおもいついたか、昼さがりになって血相を変えて飛びだしていったという。

およしはどこへ行ったのか。三之助と岡村家の家来たちのかかわりを、知っているとはおもえない。が、三之助の身に危難が迫っていることに気づいたのではないか。

で、だれかに助けを求めることにした……。

「およしの実家を知らぬか」

源次郎は長屋の住人たちにたずねてまわった。

「およしさんはお父っつぁんに追いだされたんだよ。悪口三昧《ざんまい》だったから、実家へなんか行くもんか」

「わかっている。だが、なにかわかるかもしれない。いいから教えてくれ」

およしの実家の場所は大家が知っていた。

「口じゃひどいことをいっても、およしは情のある娘でございます」

三之助と夫婦になると挨拶にきた際、およしは切々と事情を語り、弱った目をごまかしごまかし面作りをつづけている父親を案じて、できるだけ早く引きとりたいといっていたという。

「西青柳町……音羽《おとわ》だな。護国寺の真ん前だ」

縁日をめぐって面を売るのが生業《なりわい》だから住まいも寺社の近くだろうと考えたのは当たっていた。

源次郎は西青柳町へ急ぐ。他に三之助の行方を知る手がかりがないので、藁《わら》にもすがるおもいだった。西青柳町は音羽の大通りを真《ま》っ直《す》ぐ北西へむかい、護国寺の寺門へ出る手前を左手に曲がったところにある町で、石屋や数珠《じゅず》屋、蠟燭《ろうそく》屋などが並ぶ裏手の路地に、手職で生業をたてる人々の小家や長屋がひしめいている。およしの父親の住まいは、三之助の長屋と比べるとずいぶん見劣りのする棟割《むねわり》長屋だった。

戸は開いていた。手前の土間に木材や木屑《きくず》がちらばっている。土間の奥に小さな板間、つづいて座敷があるだけの家は、陽が射《さ》さないので黴臭《かびくさ》い。

座敷に女がいた。天狗の面を胸に抱き、放心したように座っている。

「およしか。おい、矢内三之助どののご妻女、およしさんではないか」

声をかけると女はこちらへ目をむけた。薄暗いせいもあったが、顔立ちよりまず赤い目と鼻が源次郎の目に飛びこんできた。涙の跡が痛々しい。

「おれは試衛館の仲間だ。三之助を探している」

女はごくりと唾を呑んだ。

「ここには、いません」

「どこにいる」

「それは……」

「三之助は厄介な話に巻きこまれているようだ。先生も心配しておられる。早く助けださないと大変なことになるやもしれぬぞ。なにか心当たりがあるなら教えてくれ。いや、あるからおまえはここへ来たのだろう。父親の寅吉は……」

およしは最後まで聞かなかった。「助けてくださいッ」と叫ぶや泣き伏した。

「三之助さんは、上意討ちとかで果し合いに行ったんです。勝てば家臣に取り立てるといわれて。それで、どうしたらいいかわからなくて、気がついたらここに……」

妙だとおもっていた。大事な試合があると聞いてはいたが、それなら試衛館で稽古をすればよい。三之助はおよしに、竹刀《しない》の稽古では物足りないからといって、夜中に人けのない寺の境内で真剣をふりまわしていたという。今朝、三之助は帰らなかった。はじめはさほど心配をしなかったが、昼になっても帰らない。不安になってなにか行先がわかるようなものはないかと探したところで、たたんだ夜具の中から書き置きが出てきた。夜具を使うとき、はじめておよしの目に入るよう、そこへ入れておいたのだろう。

書き置きには「今宵《こよい》、本所荒井町の源光寺《げんこうじ》で上意討ちの果し合いをする、首尾よく勝って武士になれればよし、万にひとつ敗《ま》けたときは、自分のことは忘れ、父親の孝行をするように」と記されていた。江戸へ出るときに多摩の実家からもらった金子《きんす》もそっくり添えられていたという。

「それで、ここへ飛んできたのか」

およしは力なくうなずいた。

「だれにもいうな、と、書いてあったので……」

「寅吉はどこだ」

「はじめは怒って、怖い顔で帰れと……けど、書き置きを読んだら……」

寅吉は書き置きをふところへ入れ、短刀を腰へ差しこみ、足元に転がっていた天狗《てんぐ》の面をつかむや、なにもいわず飛びだしていってしまったという。

大変なことになった、と、源次郎は蒼《あお》くなった。岡村家の悪党どもは、三之助になにかとんでもない事をさせる気でいるのだ。そもそも三之助に果し合いをしなくてはならない宿敵がいるはずがない。三之助とはかかわりのない岡村家の敵だろう。どうせ後ろ暗い果し合いだから事が上手くいったところで三之助が家臣に取り立てられることはないはずだし、それどころか、罪を着せられ、わるくすれば口封じされることもあり得る。万が一そうなったとき、およしまで口封じされる心配があった。

「おれは源光寺へ行ってみる。おまえは、家ではなくここに……」

ここなら安全か。いや、源次郎は造作なくこの家を見つけた。

「どこか……そうだ。身を隠すのによい場所がある」

「でも、三之助さんやお父っつぁんが帰ってきたら……」

「その前に死んでもいいのかッ」

およしはヒッと声をもらした。

「いうとおりにするんだ。助太刀がいる。そこへ行けばそれも頼める」

矢島家はここからいくらも離れていない。矢島家には一を聞いて十を知る珠世がいるし、いざとなれば男顔負けの働きをする恵以もいる。伴之助と久太郎がもしまだ御用屋敷から帰っていなくても、松井次左衛門が使いをつとめてくれるにちがいない。

源次郎は、菅沼隼人と嶋崎勝太宛《あて》に簡潔な書状を認《したた》めた。三之助の名と居所さえ知らせれば、すべて了解して、なにか手を打ってくれるはずである。

「これから教える家へ行き、珠世どのに渡してくれ」

あれこれ説明している暇はなかった。源次郎の険しいまなざしと気迫のこもった口ぶりに、およしも泣いてばかりはいられぬと気力をふるいたたせたようである。

「矢島家というところへ行けばいいんですね。三之助さんとお父っつぁんを、助けてくださるんですね」

「一刻の猶予《ゆうよ》もならぬ。行こうッ」

二人は長屋をあとにした。護国寺の前の大通りへ出て左右に別れる。

六

珠世と恵以は台所で夕餉《ゆうげ》のあとかたづけをしていた。

昨年の黒船来航以来、今度はいつ異国船があらわれるかと巷《ちまた》では戦々恐々、もちろん幕府内でも談論風発で収拾がつかないようだから、直接かかわりのない伴之助や久太郎もなにやかやと多忙で帰宅は遅い。けれどこの夜は、めずらしく家族そろって夕餉をすませたところだった。

「おや、こんな時刻に、どなたでしょう」

「わたくしが参ります」

訪《おとな》う声を聞いて玄関へ出ていった恵以は、あっと目をみはる。

「面売りの寅吉さんの……」

およしも目をしばたたいた。

「本住寺でお会いした……」

「なにか、あったのですか」

「はい。石塚源次郎さまにここへ参るように、と。珠世さまというお人にこれを……」

およしはふところから二通の書状を出して見せた。

「お上がりなさい。順序立てて話をうかがわないと」

恵以はおよしを茶の間へ通した。矢島家の面々の前で、およしは事情を説明する。

「源次郎どのが、あとを追いかけて本所へ……」珠世は伴之助に目をやった。「ぐずぐずしてはいられません」

「うむ。ただちに仕度を」

「父上。隼人を探し、源光寺へつれてゆきます」

「されば拙者は、試衛館へこの書状を」

久太郎と松井次左衛門は先を争うように腰を上げた。矢島家ならではの素早い反応に、およしは目を丸くしている。

「ではわたくしは、石塚家へ知らせて参ります。ご家族が案じておられるやもしれません」

恵以もあとにつづこうとした。が、これは珠世と伴之助に止められた。いくら女丈夫でも夜道は危険だ。

「よし。わしが行こう。が、その前に今少しくわしゅう話してくれ」

珠世、恵以、伴之助の三人は、およしの話を聞くことになった。

「三之助さんのお里では浪人者や無宿者の狼藉《ろうぜき》に悩まされているそうです。それで剣術を学びはじめたらめきめきと腕を上げて……武士になればお里だけじゃない、異国から国を守れる。だから異国が攻めてくる前に、と……」

若者は夢を描いた。が、実際に江戸へ出てきてみると、同じような若者が山ほどいる。焦りはじめたところへ、美味《おい》しい話が転がりこんだ。

「くわしゅう教えてはくれませんでしたけれど、武士に取り立てられるかもしれないと目を輝やかせて……」

およしと所帯を持ったことも、焦りに拍車をかけていたようだ。寅吉がおよしとの結婚を許さないのはまさにその武士になりたいという野望のゆえだと何度いっても信じようとせず、武士を捨てた寅吉なればこそ、心の底では娘を武士に嫁がせたかったのだと三之助はおもいこんでいたらしい。

「どっちもどっち、頑固な人ですから」

「でもおよしさん……」珠世は身を乗りだして、およしの肩を抱きよせた。「どんなおもいがあったにせよ、寅吉さんはもうお二人を許していますよ。三之助さんを助けるために飛びだしていったのですから」

「話はわかった。後を頼む」

伴之助は石塚家へ出かけてゆく。恵以がおよしの夜食をつくるために台所へ立ったところへ、奥の間から登美が出てきた。

「沙耶ちゃんがようやく眠りましたよ」といいながら、およしにけげんな目を向ける。

「おやまあ、この家はおかしな家だこと。夜の夜中にお客人……それも鼻の赤い……天狗の娘が空から降ってきたってことはないでしょうねえ」

そのころ、本所荒井町の源光寺の門前では、矢内三之助が柱の陰に身を隠して、苦《く》悶《もん》の表情をうかべていた。長刀の柄をにぎる指がふるえ、額には脂汗《あぶらあせ》がにじんでいる。当初の話とは様相が異なってきたことに、三之助はとうに気づいていた。ここ数日、なんとか約束を反故《ほご》にできないものかとおもいあぐねていたのだ。が、それももう叶《かな》いそうにない。

三人の侍に長屋の前で待ち伏せされ、自分が狙《ねら》われているのだと悟ったとき、来るべきものが来たと思った。武士になりたいと願ったことが、こんな結末を迎えようとは……。

およし、許してくれ――。

武士に二言はないと胸を張った岡村の言葉を信じていたのに、今は、そんなことを信じた自分の甘さが悔やまれるばかりだ。脅され追いつめられ、逃げようもなく、せっぱつまった三之助は、ただ、およしのことだけを考えていた。自分がいなくなったら、およしはどんなに悲しむか……。

寅吉は、三之助のいる場所から少し離れた暗がりにうずくまって出番を待っていた。下手に出て行って三之助に気づかれようものなら、たちどころに斬《き》り捨てられてしまうだろう。三之助に、ではない。物陰で見張っている三人の侍どもに。

これからなにがはじまろうとしているのか、昔は自分も武士で、今は面を売りながら江戸市中の寺社をめぐっている寅吉には容易に想像がついた。本所のこの界隈《かいわい》は不良と眉をひそめられる旗本や御家人の巣窟《そうくつ》である。諍《いさか》いがあったか、禍根《かこん》があるのか。闇討《やみう》ちをする気だろう、それも、自らの名は汚《けが》さずに。

この時刻にここを通るということは、狙われているほうもろくでもないやつで、おそらく吉原《よしわら》帰りにちがいない。三之助がその吉原帰りを斬れば、三人は即座に三之助を始末して吉原帰りと三之助の私闘に仕立て、涼しい顔で帰ってゆくはずだ。

馬鹿《ばか》めッ——。

胸の中で吐き捨てる。けれど不思議に、三之助への怒りはわいてこなかった。もしかしたら自分はこの機会を待ちわびていたのかもしれない。侍どもにひと泡吹かせてやるのだと、寅吉はほくそ笑む。

寅吉は三之助より先に飛びだして機先を制するつもりでいた。三之助は立ちすくんで一歩も動けないだろう。三人はどうする？　あきらめて逃げ去るか。いや、逆上して見境がなくなり、自分もろとも自らの手で仕留めようとするにちがいない。

死ぬことは怖くなかった。そろそろ潮時である。天狗の面が作れなくなれば生きている意味がない。娘の世話になる気などもとよりなかった。

お、人影だ——。

寅吉は身構える。

源次郎が駆けつけたとき、源光寺の門前は静まりかえっていた。妙だな、と首をかしげる。が、次の瞬間、凍りついた。微《かす》かな血臭《ちくさ》さを感じて月明かりに目を凝らすと、路上に点々と血の跡がついていた。そのうちのひとつの跡をたどる。

寺門の陰に人影があった。

「三之助ッ。無事かッ」

三之助は、寅吉を抱きかかえていた。片袖《かたそで》がないのは、怪我《けが》をした寅吉の腹を止血するのに使ったからだ。

「だれかとおもえば……源次郎どの、なぜ、ここに……」

「そんなことより怪我は……」

「息はある。が、深手《ふかで》だ」

「他のやつらは……」

「逃げた。が、おそらく無事ではなかろう。凄《すさ》まじい斬り合いだった」

小者をしたがえて千鳥足で歩いてきた武士を見るや、寅吉はいち早く駆け寄った。天狗の面を見せながら話しかける。打ち合わせにはなかったことなので三之助は動転した。そのとき、三人のだれかが「そいつだ、斬れッ」と叫んだ。が、舅《しゅうと》の背中が立ちはだかっていて、斬りつけられない。すると一人が抜き身を手に躍り出た。他の二人ははじめこそ止めようとしたが、やむなくもう一人も刀をふりかざし二人で立ち去る武士と小者のあとを追った。

「吉原帰りの侍は酔っぱらっていて斬り合いどころではない。が、舅どのはめっぽう強く、またしても間に立ちはだかった。おれは、加勢しようにも、足がすくんで……」

寅吉は、われにかえって斬り合いに加わろうとした三之助を押しのけ、その刀を奪って二人の狼藉者を斬り捨てた。

「一人は深手のようだった。もう一人は肩をやられたがなんとか歩けるようで、あとの一人が二人を支えるようにして逃げていった」

酔っ払いも斬りつけられたが、小者に支えられて帰っていった。襲われるほうにも襲われるだけのわけがあるようで、それがわかっているので事を公《おおやけ》にしたくなかったのだろう。市中での斬り合いはご法度《はっと》、双方ともお上に知られてはまずい。

「まもなく御徒《おかち》目付が駆けつける。両家はお咎《とが》めをうけるはずだ。おぬしはもう、つきまとわれずにすむ」

源次郎は三之助を安心させてやった。

「しかし、舅どのは斬り合いを……」

「なに、狼藉者どもの喧嘩《けんか》を天狗がおさめただけだ。心配は無用だ」

それより一刻も早く手当てをしなければならない。寅吉の呻《うめ》く声も心なしかかぼそくなっている。

源次郎の手を借りて、三之助は寅吉を背負った。

「おいらなんぞが侍になりたいなどと……舅どのに馬鹿にされるのは当然だ」

「いや、そんなことはない。だが焦るな。お上や名のある家が兵を募るまで待て」

「まことにそんな日が来るのかな」

「来る。来るさ。だから、じっくり腕を磨いておくことだ」

いくらも行かないうちに、前方に人影が見えた。

「おう、仲間が迎えに来てくれたぞ。勝太さまも」

嶋崎勝太を先頭に、試衛館の若者たちが足早に近づいてくる。

七

矢島家はこの日も明るい笑いにつつまれていた。笑いの中心はなんといっても四歳になったばかりの沙耶で、ふくれっ面《つら》をしようが泣きべそをかこうがすべてが愛らしいと、口うるさい登美までが目じりを下げっぱなしである。

「今年は大雪にならなくてよかったこと」

縁側で君江の長女の久江《ひさえ》と遊ぶ沙耶を見守りながら、珠世は、二人の孫娘の丸い頰を瑞々《みずみず》しい白桃のように彩《いろど》る新春の陽射しに目を細めた。

「あら、なにがあるかわかりませんよ。あの大雪だって突然だったでしょ。それに昨年の今ごろは、まさか黒船がやって来るなんてだれもおもいませんでした」

「君江のいうとおり、おもいがけないことがおこるものですね」

珠世の顔がわずかに翳《かげ》ったのを見て、恵以はすかさずあとをつづけた。

「寅吉さんのことなら……お気の毒でしたけど、およしさんは最後に三之助さんと心ゆくまで看病ができて幸せだったといっていましたよ」

「ええ。寅吉さんも満足して逝《ゆ》かれたはずです。武士として磨いた腕を、今度こそ、愛娘の幸せを守るために役立てることができたのですから」

珠世の言葉に、恵以は目をしばたたく。

「もしや、お姑《かあ》さまもご存知だったのですか」

「おや、恵以どのも?」

「先日、本住寺へ墓参に行ったとき和尚さまから……ご当人が鬼籍《きせき》に入られたから、もう話してもよいだろうと……。およしさんと三之助さんにも教えたそうです」

「ねえ、なんのことですか。わたくしにも教えてください」

君江がすやすやと眠っている稚児《やゃこ》を見守りながら、童女のように口を尖《とが》らせた。

珠世と恵以は顔を見合わせる。

「寅吉さんがなぜ侍をやめたか、天狗の面ばかり作っていたか、そのわけです」

珠世がうなずいたので、恵以は和尚から聞いた話を君江に教えた。

「まあ、そんな酷《ひど》いことがあったのですか」

「おやまあ、それなら武士に嫌気がさすわけだ」

居眠りをしているように見えた登美までが、蛇のように鎌首《かまくび》をもたげておどろきの声をあげる。

寅吉は——かつては都筑寅右衛門《つづきとらえもん》といったそうだが——なまじ手練《てだ》れだったばかりに、切腹の介錯《かいしゃく》を命じられた。しかも、部下の収賄《しゅうわい》が明るみに出て切腹の沙汰《さた》をうけたのは寅吉の舅、つまり妻女の父親だった。寅吉はやむなく役目を果たしただけだ。妻女もそれは重々承知していて、寅吉に恨みがましいことはいっさいいわなかったという。けれど身重だった妻女は産後の肥立ちがわるく、以後、病がちになって、およしが物心つく前に死んでしまった。

妻女の父親は天狗のように立派な鼻をしていて、性格も飄然《ひょうぜん》としたところがあったとか。綽名《あだな》が天狗だったためか、切腹の際は寅吉に、自分は天狗だから気づかいはいらぬ、天から孫を見守ってやる……というような話を楽しげな顔でしたという。

「ご自分から武士の身分を捨てたとはいえ、ご妻女を喪《うしな》い、幼子をかかえて、途方に暮れたこともあったでしょう。天狗が見守ってくれているとおもえばこそ、やってこられたのかもしれません」

「ご妻女と舅どのの菩提《ぼだい》を弔うために、天狗の面を彫りつづけたのかもしれませんよ。今となってはもう知る由《よし》もありませんが……」

いっとき座がしんみりとした。と、そのとき、童女たちが金切り声を上げた。木彫りの兎《うさぎ》を取り合っている。

「久江、沙耶、いらっしゃい。お祖母《ばあ》さまにも見せてください」

珠世が広げた腕に、二人は先を争って跳びこんできた。兎は珠世の手のひらに。

「もうひとつ、今度はおめでたい話。これはまだお姑さまもご存知ないはずです」

恵以が得意そうに一同を見まわした。

「なんですか。お義姉《ねえ》さま、もったいぶらずに話してください」

「ええ。これも和尚さまにうかがったのですが、およしさん、稚児《ややこ》を授かったんですって」

「まあ。うれしいこと。寅吉さんもきっとよろこんでいますよ」

「寅吉さんのご妻女も、ご妻女のお父上も、大喜びでしょうね」

「みんな、天上で、手を取り合っているんじゃないかしら」

珠世、恵以、君江が口々にいう。

すると登美がまた閉じていた目を開けた。

「天狗の娘の、その娘の稚児。やれやれ、どんなお顔になるのやら」

三人ににらまれて、あわてて寝たふり。

珠世の膝《ひざ》では、童女たちが笑いながら珠世の手のひらの上の兎とたわむれている。

第六話　別れの季節

一

そよ風の季節。笑いさざめく声や陽気な笛太鼓の音が流れてくる。

八のつく日は鬼子母神《きしもじん》の縁日だ。が、ここではにぎわいは聞こえない。近所の子供たちが三々五々くりだそうというのだろう。

縁日といえばわが家も大騒ぎで――。

小袖《こそで》に新しい黒衿《くろえり》を縫い付けていた珠世《たまよ》は、ふっと手を休め、過ぎし日々に思いを馳《は》せた。とりわけ源太夫《げんだゆう》の五人の子供たちが居候《いそうろう》していたころは毎日が大騒動だった。それでなくても、追いかけっこをして植木鉢をひっくりかえしたり、竹箒《たけぼうき》をふりまわして剣術ごっこかとおもえば兄弟喧嘩《げんか》をはじめたり……。

幻のかけらを探すように庭へ視線を彷徨《さまよ》わせ、珠世はあっと声をもらした。

垣根の上から見慣れた顔がのぞいている。

「源太夫さまったら……昔にもどったかとおもいました」

珠世が鳩尾《みぞおち》に手を当てるのを見て、石塚源太夫は「すまぬすまぬ」と笑いながら木戸口へまわりこみ、珠世のそばへやってきた。うながされて縁に腰を掛ける。

「お忘れではないでしょうね」

「忘れるものか。はじめて会うたときも、垣根からのぞいた」

見慣れぬ髭面《ひげづら》の大男が晒台《さらしだい》の生首のようにのぞいていて、珠世は血が凍る思いをしたものだ。源太夫は、珠世の亡父、久右衛門《きゅうえもん》の客だった。が、久右衛門のほうは記憶になかったようだ。それなのにどうしたことか、なりゆき上、源太夫と子供たちが家へ転がりこむことになって……。

「あれは何年前でしょう。里《さと》ちゃん秋《あき》ちゃんがお嫁にゆき、源太郎《げんたろう》どのがほどなく祝《しゅう》言《げん》を挙げられるのですから十年、いえ、十五年になるのではありませんか」

源太夫の嫡男《ちゃくなん》の源太郎は、源太夫が仕官している稲垣家の物頭《ものがしら》の仲介で、同じ家中の作事《さくじ》奉行竹原万一郎《たけはらまんいちろう》の娘の千穂《ちほ》と縁談が決まった。竹原は重臣の一人だし、千穂も気立てのよい娘だと聞くから、これについてはなんの問題もない。

それなのに源太夫の顔が今ひとつぱっとしないのはなぜか。

「相談事がおありのようですね」

「うむ。実は、少々、迷うておることがあっての……」

恵以《えい》は娘の沙耶《さや》をつれて鬼子母神の縁日へ出かけていた。居候の松井次左衛門《じざえもん》も一緒だ。が、同じく居候の登美《とみ》は腰が痛むと言って奥の間で寝ているので、珠世も家にいることにした。恵以は源太夫の妻女の多津《たづ》と鬼子母神で待ち合わせをしているようだから、源太夫は今なら珠世と二人でゆっくり話ができると考えて、訪ねてきたにちがいない。

「お上がりください。お茶をいれます」

頂き物の柏餅《かしわもち》がありますよ、といわれてうれしそうに上がってきたところをみると、食い気に影響を及ぼすほどの緊急事態ではないらしい。

茶菓でひと息ついたところで、源太夫は居住まいをあらためた。

「昨年二月の地震で小田原はたいそうな被害をこうむった」

「ええ。ほんにお気の毒でした」

唐突な話題に珠世はやや面食らう。

源太夫は虚空《こくう》を見つめたまま、深々と息を吐いた。

「小田原は拙者の郷里。出奔《しゅっぽん》したとはいえ、知らぬ顔もできなんだ」

今度は珠世もうなずいた。

「多津どのからうかがいました。はじめてご実家に見舞いの文《ふみ》を出されたとか」

「異母弟にあとを託して江戸へ出てしもうた。拙者のことは死んだとおもって忘れてくれと、ようようい聞かせてきたのだが……」

源太夫はなぜ脱藩したのか。

そもそも事の起こりは、沢井流の始祖でもある剣術指南、多津の父親との郷里小田原に於《お》ける果し合いである。普請《ふしん》をめぐって意見の衝突があり、かねてよりの確執もあって、源太夫にしてみれば売られた喧嘩を買うことになったのだが、尋常な果し合いがもたらした結果は多津の父の惜敗とそれによる死去という不幸だった。

多津は父の仇《かたき》を討つため、浪々の身となった源太夫に再び果し合いを挑もうとした。仇を討つ者と討たれる者が皮肉にも共に矢島家の居候になっていた日々……その二人が怨《うら》みを捨てて共に生きる道を選んだのは、珠世の導きによるところが大きい。来る者は拒まず、あるがままを受け入れて良いところを見つけていこうとする珠世の天性の明るさが、二人の心に感化を及ぼしたのである。

源太夫と多津はのちに夫婦《めおと》になり、源太夫は稲垣家への仕官も決まって、五人の連れ子の他に多門《たもん》という息子も生まれた。今は平穏に暮らしている。郷里を捨てた二人は、親戚《しんせき》縁者にも消息を知らせなかった。

ところが昨年、小田原は大地震にみまわれた。二月二日の朝四つころに本震と余震があり、翌日の夕方にも大きな余震があって被害が増大、壊れた家屋は三千の余、小田原城でも天守や壁が崩れ、三の丸が倒壊した。沢井家の一人娘で近親者のいない多津とちがって、源太夫には異母とはいえ弟がいる。心配のあまり声をかけたことがかえって悩みの種を蒔《ま》く結果になろうとは、源太夫自身、思いもしなかった。

「弟は病がちで子がおらぬ。小田原は大地震後の再興ばかりか、黒船来航以来、沿岸警備に追われて猫の手も借りたい忙しさだそうな。自分ではお役に立てぬゆえ、帰ってきて、お家のために働いてほしいと……」

小田原大久保《おおくぼ》家の当主は二十六歳の忠愨《ただなお》で、幕府から一万両の恩貸をうけて荒廃した領地を立てなおそうと奮闘しているが、なかなかおもうように成果があがらない。今こそすぐれた人材が必要だと、弟は兄に国にもどってきてほしいと説得しようとした。

もちろん、今の源太夫は稲垣家の家臣である。通常ならありえない話だ。だが何事にも例外がある。幕命により、大久保家では伊豆国韮山《にらやま》代官の江川太郎左衛門《たろうざえもん》を招いて小田原海岸とその周辺に台場を築き、大砲を鋳造した。一方の稲垣家も国元の鳥羽沿岸警備のためにやはり砲台を築造した。このため、それでなくても逼迫《ひっぱく》していた稲垣家の内証は著しく窮乏してしまった。両者には、砲台の築造にかかわる行き来があり、かつまた窮地に立たされた者同士の互助の絆《きずな》が生まれている。源太夫が家督を嫡男の源太郎に譲り、隠居したのちに大久保家の家臣にもどるのであれば問題なしと、これは物頭が請け合ってくれた。

「伜《せがれ》たちのことさえなければ、なんといわれようと即座に突っぱねていたのだが……」

源太夫自身は、隠居後は寺子屋の師匠でもしてのんびり暮らしたいと考えていたという。生来、野心とは無縁の男だ。

「まだ隠居なさるようなお歳《とし》ではありませんよ」

「しかし稲垣家のふところ具合からして、親子で禄《ろく》は食《は》めぬ。昔のように清土村《きよとむら》に隠宅をかまえて、珠世どののえくぼを拝みに日参するのが一番かと……」

「冗談はおやめください」

源太夫には源太郎の他に二人の男子がいる。源太夫が小田原へ帰って石塚家の家督を継げば、源次郎《げんじろう》か多門が後継者になる。気持ちは動きはじめていたのだが……。

新たなる問題が生じた。

「源次郎は小田原へは行かぬという」

「まぁ、どうしてですか」

「剣の道を究めたい、とかなんとかいうておるが、近ごろは象山塾《しょうざんじゅく》やらなにやらに顔を出して、諸藩の子弟たちと蘭学《らんがく》だ兵学だと夢中になっておるらしい」

「よいではありませんか、学問に励んでいるのです」

「学問だけならよいが……。いや、本音は別のところにあるのだろう」

「ええ。わたくしもそうではないかと……。多門どのは源太夫さまと多津どのの実子、自分が行かなければ多門どのが家督を継ぐことになります」

だから自分は身を退《ひ》く……源次郎が考えそうなことである。

しかもそれを知ってか知らずか、多津までが小田原へは帰らないといいだした。

「源次郎どのを差し置いては行かれぬ、ということですか」

「本心はそうかもしれぬが……仇討《あだうち》を公言して出奔した自分が、どんな顔で帰れようか。その上、仇の妻になったと知られれば……」

それこそ石もて追われかねないと、多津は案じているらしい。

「それは、困りましたね」

「源太郎の祝言が済んだら弟に返事をしなければならぬ。もとより考えてもみなんだことゆえ、悩むこともない。すっぱり断ればよいのだが……」

そういいながらも、源太夫は眉間《みけん》にしわを寄せている。正直なところは、弟と大久保家、そして故郷が自分を必要としてくれるなら応《こた》えたい……と、胸を昂《たか》ぶらせているのだろう。

「せっかく相談にいらしてくださったのに、わたくしにもどうしたらよいか……。まずは源次郎どのと多津どの、お二人のお気持ちをよう確かめることですね」

「うむ。わかってはおるのだが……。珠世どのからもそれとのう……」

「わかりました。機会を見つけて訊《たず》ねてみましょう」

珠世の返事に安堵《あんど》したのか、源太夫は器に残っていた柏餅に手を伸ばすや、もうひとつ、ぺろりとたいらげた。

二

源次郎は、信じがたいものを見るような目で老人を見つめていた。

昼の早い時刻、試衛館《しえいかん》の稽古場《けいこば》である。

うなじでひとつに括《くく》った老人の総髪は真っ白で、枯れ木のように痩《や》せた背中はわずかだが前かがみになっていた。顔や首筋のしわだけでなく血管の浮き出た手の甲からして高齢は間違いない。にもかかわらず、いでたちは勇ましかった。袴《はかま》の裾《すそ》をまくり上げ、襷掛《たすきが》けに鉢巻、そのへんの庭からばっさり伐《き》ってきたように見える竹を一本、手にしている。老いさらばえた体のどこから出てくるのか、「ごめんッ」と大音声《だいおんじょう》で呼ばわったとおもうや、ずかずかと入ってきて稽古場の真ん中で仁王立ちになった。

「道場主に取り次げ」

横柄《おうへい》な物言いに怒った若者が追い立てようとしたが、竹の棒で足を払われて転倒。

「何者だ」「無礼ではないか」と詰め寄った数人をあっという間に片づけ、それでもまだ暴れたりないとでもいうように、あっけにとられている若者たちを睥睨《へいげい》する。

「道場破りか。勝負したくば名乗れ」

高弟の一人が進み出た。

「さにあらず。道場主に会わせよ、というておる」

「だったら名乗るが先だろう。礼儀知らずめ」

「名？　名は……小田原天狗《てんぐ》」

「天狗だと？　さような格好で、喧嘩でも売る気か」

「いや。こいつは、いつでも一戦交える覚悟が出来ておることを示すためのいでたち。いざ尋ね人が見つかったとき、当方の心意気を見せねばならぬゆえ……」

「さては近藤先生と一戦交えるつもりか」

「めっそうもない。先生におたずねしたきことがある。そうそう、後釜《あとがま》に据えられたとかいう御仁《ごじん》についてもお訊《き》きしたい。もしや、その御仁、尋ね人となにかかかわりがあるやも知れぬゆえ」

「嶋崎先生が、なんと、かかわりがあるだと？」

「嶋崎？　嶋崎……さような名の剣客《けんかく》がおったかのう、小田原に……」

「妙な奴《やつ》だ。嶋崎勝太《かった》先生の本名は宮川、在所は小田原ではのうて多摩だ」

老人は目を白黒させている。

「小田原の生まれと聞いたが……」

「先生は多摩上石原村のお生まれだ。人違いだぞ、帰れ帰れ」

「あ、待て。そもそも捜しておるのは女で……」

「さっぱりわからぬ。おい、つまみ出せ」

皆がどっとばかり駆け寄ろうとした。

「あ、お待ちください」源次郎があいだに入って止める。「近藤先生にうかごうて参ります」

天然理心流は出稽古が多い。稽古の大半を仕切っている勝太はこの日もあいにく出かけていた。が、道場主の近藤周助《しゅうすけ》は奥の住居でいねむりをしているか、長煙管《ながぎせる》でもつかいながら晩春の庭をぼんやり眺めているか。

「ほう、話のわかる若造がおったか。面構《つらがま》えからして腕のほうは怪しいものだが」

いちいち腹の立つ老人である。

源次郎がとっさに取り次ぎを買って出たのは、老人が「小田原天狗」と名乗ったためだ。小田原は両親の郷里、源次郎も物心つくかつかずの日々を過ごした生まれ故郷である。だからなんだと問われれば返答に窮するが、小田原と聞いたとたん、黙って見ていることができなくなった。

源次郎は住居の棟へむかう。

近藤周助は、柏餅を食べていた。源次郎から老人の話を聞くや「面白そうなやつだ」と眸《ひとみ》を輝かせた。源次郎は命じられるままに道場へもどり、老人を住居へ案内した。

「源次郎。おまえも餅を食うてゆけ」

同席せよということか。

老人は先刻までの無作法をあらため、敷居際《ぎわ》で鉢巻と襷をもぎとると、裾をととのえて平伏した。

「小田原にて剣術指南をしておる天狗坂八《や》兵太《ひょうた》にござる」

「めずらしい名だのう。そうか、天狗は本名か……ささ、遠慮のう入られよ」

近藤はにこにこしている。が、いつもながらまなざしは鋭い。

「小田原からはるばるおいでになられたか。この近藤に、何用……」

「うむ。その……どうも早とちりをしたらしい。実は人捜しをしておりましての、真っ先に栗橋《くりはし》道場を訪ねたが影も形もござらぬ。で、近隣の者にたずねたところ、ずいぶんと昔のことで肝心の尋ね人についてはわからなんだものの、試衛館の後継者がかつて栗橋先生の弟子で、小田原出身ではなかったか、と……」

源次郎はあッと声をもらした。栗橋先生の弟子というのはまさに源次郎のことだ。嶋崎家の養子になった勝太と、どこかで話がごっちゃになってしまったものとおもわれる。

「関口駒井町《こまいちょう》の栗橋道場ならば、たしかに栗橋先生が隠居されて道場も失《の》うなった。そう、勝太ではのうて、この源次郎が通うておったところだ」

近藤にいわれて老人は源次郎を一瞥《いちべつ》した。

「生まれは小田原ですが、子供のころに江戸へ出てきましたので記憶にはありません」

「ふむ。その年齢では端《はな》から辻褄《つじつま》が合わぬ」老人は落胆の吐息をもらした。「して、栗橋先生はいずこにおられましょうや」

「昨秋、身罷《みまか》られました」

病みついていることは知っていたが、源次郎自身、栗橋定四郎《じょうしろう》の死去を知ったのはあとになってからで、最期《さいご》の別れもできずじまいだった。

「なんと……」老人は絶句した。しばし思案した上で、近藤と源次郎を等分に見る。

「だれぞ、昔の栗橋道場のことを覚えておる者を知りませぬか。十年十五年前に、かの道場とかかわりがあったとおもわれる女剣士を捜しておりましての、栗橋道場の他には手がかりがござらぬ」

近藤と源次郎は顔を見合わせた。

「それなら大御番組与力《おおごばんぐみよりき》の永坂久之助《ながさかきゅうのすけ》さまはいかがでしょう。当時は矢島久之助さまでしたが、栗橋道場で一、二を競う遣い手でした」

「ふむ、それはよい。が、いきなり訪ねてはいぶかられよう。御用繁多の身ゆえ登城中やもしれぬし、まずは矢島家で永坂さまのお母上、珠世どのに会うてみるのがよいとおもうが……どうじゃ源次郎」

「はい。矢島家の大奥さまでしたら、当時のことにお詳しいかと……」

天狗老人は首をかしげる。

「その、珠なんとかいう女性《にょしょう》も、かつては女剣士にござったか」

「いえ、昔も今も御鳥見役《おとりみやく》のご妻女にて」

「御鳥見、役……御鷹狩《おたかがり》の……」

「珠世どのは剣など遣わずとも事を丸く収める名人。なんぞいわくがおありとお見受けいたす。さすればなおのこと……」

近藤は源次郎に案内をしてやるよう命じた。

「それがしは、これから木挽町《こびきちょう》へ……」

困惑顔になった源次郎を、近藤は意味ありげな目で見つめる。

「象山塾に行くつもりなら、やめておけ」

「え？」

「今朝方からごたついておるそうだ。佐久間《さくま》象山先生は御番所へ引ったてられた」

源次郎は目をしばたたいた。

「どういうことですか」

「弟子を焚《た》きつけ、密航をけしかけた科《とが》だそうな」

弟子の一人、吉田寅次郎《よしだとらじろう》なる長州藩士が、国禁を犯して下田柿崎沖に停泊していた米国軍艦に乗船しようとした。送還されて捕縛されたため、師である象山も連座の罪を問われた、ということらしい。

近藤の説明を聞くや、老人はおもむろに腰を上げ、手にしていた鉢巻と襷をふり上げた。

「さればこそッ、こうしてはおれんのじゃッ」

突然の大音声に近藤と源次郎は腰をぬかしそうになる。それとこれと、どういうかかわりがあるのか。

老人は多くを語らなかった。が、小田原が異国の脅威にさらされているために、沿岸に台場を築いたこととかかわりがあるという。いつ異国が攻めてくるか、となれば、台場を築いただけでは防ぎきれない。

「つまるところ、武器を手にして戦うことになる。そのためには腕を磨くべし」

なのにどうか。昨今の若侍どもは軟弱で頼りない。それゆえ若者の性根を入れ替え鍛え上げることが自分の使命と常々考えていたが、このたびその好機がめぐってきた。人々を瞠目《どうもく》させるような妙案が浮かんだので、実践すべく江戸へ馳せ参じたという。

「妙案？」

「さよう。仇討だ。古《いにしえ》より、これほど血湧《わ》き肉躍るものはない」

仇討こそ武士の本懐……などと裏返った声で叫ぶ天狗老人は、誇大妄想か時代錯誤か、古武士のなれの果てとしかおもえなかったが、それならそれで、このまま放っておくのも剣呑《けんのん》である。

「ところでご老人、行く宛《あ》ては？」

「さようなもの、あるか。夜は路傍で寝る。飯は野草。ハッハッハ」

言われてみれば、風呂《ふろ》にも入っていないのか、いやな臭《にお》いがしている。

ともあれ、矢島家へ案内することで話はついた。

「おう、かように美味《うま》い餅は生まれてはじめて食うたわ」

近藤の妻女のふでが茶と共に運んできた柏餅を、老人は貪《むさぼ》るように食らう。訊けば、日ごろは雑穀の飯に味噌汁《みそしる》と香の物をそえた食事を朝夕にとっているだけで、酒は断って久しく、甘いものなど何年も口にしていないという。ついでにいえば、冬でも布《ぬの》子《こ》一枚、夜具なしで寝る。質実剛健でならした武芸の達人、平山行蔵《こうぞう》に心酔しているとやら。

「ふで。紙と硯《すずり》を。源次郎。珠世どのに渡してくれ」

近藤は珠世に文を認《したた》めた。ついでにふでに命じて手土産として残りの柏餅をつつませたのは、厄介事の種になりそうな老人を体よく珠世に押しつけることに、多少なりと後ろめたさを感じたからか。

「では、行って参ります。天狗坂先生、参りましょう」

「困ったことがあったら知らせなさい。勝太を行かせる」

そういいながらも、二人を見送る近藤の眸は、悪戯《いたずら》をおもいついた童子のごとく躍っていた。


「うわッ。なにをするッ」

市ヶ谷の試衛館から雑司《ぞうし》ヶ谷《や》の矢島家へむかう途中、下《した》雑司ヶ谷の大通りから近道の幽霊坂へ折れて坂を上りかけたところで、源次郎はいきなり天狗老人の襲撃をうけた。竹の棒で頭を打ちすえられるところを間一髪で逃れ、飛びのきざま、腰に差していた刀の柄をにぎりしめる。幽霊坂は夏ほどではないものの、両側の寺や武家屋敷の樹木の枝葉で昼も薄暗い。人通りもほとんどなかった。

「やめろッ。なんのまねだッ」

こやつは気がふれているのか。それとも追剥《おいはぎ》だったのか。といっても、源次郎が盗むに足る銭などもっていないのは見ただけでわかりそうなものではないか。

老人はやめる気がないようだ。ぎらつく双眸《そうぼう》でひたと源次郎の目を見据え、竹の棒を大上段にかまえて次の一打をくりだそうとしている。腰を低く落とした摺《す》り足が、剣術指南と豪語しただけあって堂に入っていた。

「畜生ッ。何奴《なにやつ》か知らぬが、相手になってやる。かかってこいッ」

とはいえ相手は竹の棒。こちらは真剣を抜いて斬《き》り合うことになる。老人を斬り捨てるおぞましさが、源次郎の足をすくませる。

「抜け。遠慮はいらぬ」

うながされてもなお躊躇《ちゅうちょ》していると、老人は「腰抜けめ」と吐き捨てた。「なんだとぉーッ」いいながら抜刀しようとした手を竹の棒で払われ、イタッと声をもらしたときには返す刀で足を打たれて、がくっと膝《ひざ》をついている。

「まだまだ甘っちょろいのう」老人は呵々《かか》と笑った。「油断は禁物。迷いは命取り。雑念がよぎったとたんに殺《や》られる。勝負とはそういうものだ」

「では、今のは、それがしを試そうと……」

「もうひとついうておくが、型や心技なんぞは二の次三の次。異国が攻め寄せたときに、さようなことをいっていられるか。そもそも人情も礼節も、武士の一分でさえ、なんの役にも立たぬ無用の長物よ」

さぁ行くぞとうながされて、源次郎は立ち上がった。いい返したいことがたくさんあるような気もしたが、気圧《けお》されて言葉が出てこない。

「剣術指南をしていたが、弟子は皆やめてしもうた。道場は開店休業」

先を歩きながら、老人は歯の隙間《すきま》からシシと息をもらした。自嘲《じちょう》の笑いか。いくら腕があっても、この奇天烈《きてれつ》な老人では、弟子になろうという物好きはいそうにない。

「女剣士を、捜しておられると仰《おお》せでしたね」

ようやく源次郎は声をかける気力をとりもどした。

「うむ。唯一《ゆいいつ》、わしを打ち負かした女剣士だ」

「女子《おなご》に負けたのが悔しゅうて、仇を討ちにいらしたのですか」

「さにあらず。仇討は仇討でも、わしは助太刀に参ったのだ。念願の仇討を成し遂げれば、国元は大いに沸きたつ。鈍《なまくら》な侍どもも瞠目して、ちっとは腕を磨く気になるはずじゃ。待てば海路の日よりあり。今こそ好機到来」

源次郎はますますわけがわからなくなってきた。この風変わりな爺《じい》さんを矢島家へ託してよいものか。不安は大きくなっていたが、すでに御鳥見役の組屋敷は目の前である。

いずれにしろ、老人にかかわっている暇はなかった。今一人の、もっと偉大な変人、佐久間象山の安否が気になって落ち着かない。騒動を知る仲間をつかまえて詳細を聞き出さなければと、源次郎の心はもう木挽町へ飛んでいた。

三

近藤の文から目を上げるや、珠世はとびきりのえくぼを浮かべた。

矢島家の茶の間で珠世の前に座っているのは天狗老人だけで、源次郎は早くも席を立っている。その老人は、といえば、これまで歓待された経験がないのだろう、居心地が悪そうに尻《しり》をもぞもぞさせていた。

「天狗坂とは愉快な名字《みょうじ》にございますね」

「愉快？　まぁ、本名ではないが、天狗坂の下で道場を開いたゆえいつのまにか……。別に愉快ともおもわぬがの」

「名字をうかごうただけで愉《たの》しいお人とわかります。ようこそいらしてくださいました」

老人はけげんな顔である。

「栗橋道場の話をうかがいとうて参ったのじゃが……」

「はい。存じておりますことでしたらなんなりと。でも、その前に、遠方よりいらしたのです。湯を浴び、夕餉《ゆうげ》を召し上がって、ゆるりとお休みください」

老人は首をかしげた。

「しかしここは、旅籠《はたご》ではなかろう。旅籠なら銭が……」

「むろん旅籠ではございません。銭など不要。夫も息子も御鳥見役の下級武士ですから、たいしたおもてなしはできませんが……」

「わしを、泊めてくれるといわれるか」

「ええ。近藤先生のお引き合わせですもの」

「し、しかし、さようなことはご当主が……」

「心配はご無用ですよ。夫も息子も異を唱えたりはいたしません。それにここには他にも……ほほほ、その格好《かっこう》では登美さまに叱《しか》られます、まずは湯に入っていただかないと……」

狐《きつね》につままれたような顔ではあったが、さすがに高齢、気がゆるんで疲れがどっと出たようだ。湯を浴びてさっぱりするや、老人は亡《な》き久右衛門が使っていた奥の間で鼾《いびき》をかいて眠ってしまった。それでも竹の棒を抱きしめているところは、一瞬たりとも警戒を怠ることができなかった老人の半生を垣間見《かいまみ》るようで憐《あわ》れみを誘う。

「無体なことばかりして、よほど怨みを買うてきたのでしょうよ。なにも、こんな爺《じじ》いを押しつけなくたって……近藤先生もお人が悪い……」

登美にはいいたいだけいわせておいて、珠世と恵以は台所で事態の打開策を検討した。それもそのはず、近藤の文には見すごしにできない話——近藤がなぜ老人を矢島家へ送りこんだか、その理由について——が記されていたからだ。

「厄介なことになりましたね」

「ええ。それでなくても多津どのは小田原へ帰るのをためらっておられる。むろん、よい気持ちはしないでしょう」

「でも、まことに多津さまのことなのでしょうか、その女剣士とは……。源次郎どのは気づいていないようでしたよ」

「当時はまだ幼かったし、それに今は他のことで頭がいっぱいのようでしたから。でも、十五年前に小田原からやって来た……ご老人を打ち負かすほどの女剣士といえば、多津どのしかおりません」

「わたくしも多津さまと源太夫さまのなれそめは聞いております。なれどお姑《かあ》さま、あのご老人はなぜ今ごろになって……」

「源太夫さまが石塚家へおもどりになると、噂《うわさ》が流れたからでしょう」

そう。昨年の小田原大地震で、源太夫と異母弟とのやりとりがはじまった。石塚家が源太夫の帰参を望み、それが叶《かな》うかもしれないという噂がどこからかもれた。一方、沢井多津の消息は知れないままだ。天狗老人がもし、沢井家の悲運に同情していて、多津の仇討成就《じょうじゅ》の報を心待ちにしていたとしたら——歳月と共に凝り固まった思いが美化され膨らんで老人の胸の中でそれが唯一の望みになっていたとしたら——多津を捜し出して源太夫の帰参を教えてやり、自分が助太刀してでも仇討を成し遂げさせたいと願うのは当然だろう。十五年の歳月をかけた仇討、しかも女の身での華々しい快挙は、さぞや美談となって津々浦々に知れわたるにちがいない。国情不安の当節、若者たちを発奮させ、剣術を今以上にひろめるためには、たしかに有効な一手となるかもしれない。

「仇討などもってのほかですが、お二人にしてみれば、今さら昔の事をむしかえして騒がれるだけでもお辛《つら》いはずです」

「でもあのご老人が黙って引っこむとはおもえません」

「わかっています。ですから、わたくしたちでなんとかしなければ。ご老人が源太夫さまや多津どのと和やかに柏餅を召しあがるところを、恵以どのも見たいでしょう」

「お姑さまは勝算がおありのようですね、そんなお顔をしておられます」

「いいえ、ありません。でもね、人は変わります。ご老人もきっと……」

「さようでしょうか」

「さようですとも。心をふるわせるような事に、めぐり合えさえすれば」

その夜、御鷹部屋御用屋敷から帰ってきた伴之助《ばんのすけ》と久太郎《きゅうたろう》は、緊張のあまりこちこちになっている老人を当たり前の顔でうけいれた。

「お祖父《じい》さまが帰ってきたような気がします」

久太郎からうれしそうにいわれて、老人は目をみはる。

「お祖父ちゃま？　沙耶の曾祖父《ひい》ちゃま？　お祖父ちゃまは曾祖父ちゃま？」

物怖《ものお》じしない沙耶にまといつかれて、老人は困惑することしきりだ。が、まんざらでもなさそうな顔で相手をしている。

矢島家の家族と居候がつつましい夕餉を終えたあと、伴之助は老人に声をかけた。

「一献《いっこん》いかがかな。台場築造の話など、お聞かせいただけぬか」

「て、手前は、不調法にて」

「さようか。しからば白湯《さゆ》を」

久太郎や松井次左衛門も加わって四方山《よもやま》話に花を咲かせる。もっとも長州藩士の吉田寅次郎と佐久間象山の捕縛は御用屋敷でも話題の中心だったようで、この一件になると、ここでも俄然《がぜん》、老人の鼻息が荒くなった。

石塚源太夫と沢井多津の名だけは決して口にしないように――。

珠世の申し渡しが行きとどいていたせいか、その日は何事もなく幕を閉じた。

翌日、珠世は松井次左衛門を石塚家へ使いに出して、雪《ゆき》と多門をつれてきてもらった。もちろん二人には、次左衛門が道々、石塚の姓を秘しておくよういい聞かせる。

「親戚の子供たちです。雪どの、お客人のお世話を頼みますよ。多門どの、お客人は剣術指南の偉いお人です。稽古をしていただいてはどうですか」

「あ、沙耶も沙耶も。お祖父ちゃま、沙耶にも」

「い、いや、わしは……永坂家へ行かねばならぬゆえ……」

「先ほど問い合わせたところ、今日明日は当番だそうです。まずはわたくしが、あとでゆっくりお話をいたしましょう」

老人は結局、子供たちの相手をすることになった。存外、愉《たの》しそうに見えたのは、よくもわるくも、老人の感じ方や振る舞い方が大人より子供に近かったからかもしれない。

「多門というたか。なかなか筋がよい。鍛えようによっては名のある剣豪になれるやもしれぬぞ」

家事の合間に老人の様子を眺め、珠世は忍び笑いをもらした。神道無念流《しんどうむねんりゅう》の達人である源太夫と沢井流の始祖の娘多津を父母として生まれた多門なら、筋がよいのもうなずける。

「お祖父さま、お疲れでしょう。肩をお揉《も》みします」

雪がまた申し分のない甲斐甲斐《かいがい》しさだった。もとより控えめで大人しく、楚々《そそ》とした雪である。はにかみながら世話をやくだけで、天狗老人の顔もほころんでくる。

にぎやかな昼餉のあとは、恵以が散策に誘った。

「護国寺の森に、今年もまた鷹が巣掛けをしたのですよ。ここまでいらしてご覧にならずに帰られては、あとあと悔いが残りましょう」

「恵以どののいうとおり、ぜひおいでなさいまし。そうそう、久太郎が、よろしければ鷹狩の見物をされてはどうかと申しておりました。もちろん将軍家や大名家の御鷹狩ではのうて、鷹匠《たかじょう》の訓練を兼ねた小さなものですが……」

「おお、それはぜひとも見物しとうござる」

老人は目を輝かせる。

「でしたらなおのこと。鷹狩では勇猛な鷹も、ひとたび子育てとなると、雄と雌が助け合って巣を作り、卵を抱き、ヒナに餌《えさ》をやる。その甲斐甲斐しい姿こそ、ご覧いただきとうございます」

行こう行こうと子供たちに手を引っぱられて、老人は恵以、次左衛門とつれだって出かけて行った。

珠世と登美は、縁のそばに並んで蕗《ふき》の皮を剝《む》く。伽羅蕗《きゃらぶき》を煮る下ごしらえだ。

「とんでもないお客がやって来た、これは大変と身構えましたが……」

「案ずるより産むがやすしでしたね。でも登美さま、問題はこれからです。多津どのが仇討をするはずの相手と夫婦になっていると耳にされたら、どうなさるか……」

「ここへ来たばかりのころならね、なんといわれようと信じませんでした。でも今は……珠世どのといれば争い事は起きない、それだけはたしかだと信じています。あのお客もきっと仇討など忘れて、機嫌よう帰って行きますよ」

「登美さま……」

「それにしても、こうして何年も居候をさせてもらって、一度も迷惑顔をされたことがないなんて……ここは不思議な家だこと」

風が吹くたびに竹落葉がはらはらと散り落ちる。

ふっと目をやると、登美は心地よさそうに舟を漕《こ》いでいた。

登美の膝元の蕗を引きよせて、珠世は軽快に皮を剝く。

その夕、毎日とはいかないものの天気さえよければ二日に一度はつづけている鬼子母神詣《もう》でに、珠世は天狗老人を伴った。赤い鳥居をくぐって祠《ほこら》の前で手を合わせたあと、そのままの姿勢で老人に話しかける。

「沢井多津どののことでしたら、久之助に訊くまでもありません。よう存じております。なぜなら、多津どのも、わが家にいらしたからです」

となりで息を呑《の》む気配がした。

「ええ。そうなのです。十五年前、久之助が栗橋道場からおつれしました。仇討の相手を捜しているので、見つかるまでわが家へ置いてやってほしいと……」

老人の食い入るような視線を感じて、珠世はひとつ深呼吸をする。

「そのとき、わが家には、他にもお客人がおりました。で、登美さまと次左衛門さまのように、どちらもご一緒にいていただくことにしたのです」

老人はうなずいた。早くその先が聞きたくてうずうずしているのがわかる。

「そしてね、いろいろなことがあったのです。話せば一晩も二晩もかかるほどの……。多津どのは悩んだ末に、わが家にいらしたご浪人と夫婦になられました」

「なんとッ」老人はおどろきの声を発した。「仇討をやめてしもうたのか。仇がどこにおるかもわからぬまま、見つけようともせずに……」

「いいえ。仇は見つけました。果し合いもするはずでした。しようとしたのですよ。わたくしが止めました」

老人は両の拳《こぶし》をにぎりしめている。そうしていなければ震えがおさまらないとでもいうように。

「しかし、しかし、なにゆえよけいなことを……」

「仇の石塚源太夫さまにはお子たちがいらしたからです。五人も。天狗坂先生は、もし、多門どのや沙耶のような子供たちになつかれて愛《いつく》しんでおられたら、そのお父上と刃《やいば》を交えることがおできになられますか」

「それは……いや……しかし待てよ。子供になつかれた、と？　仇の子供に？」

「はい。わが家にいらしたご浪人とは源太夫さま、源太夫さまご一家です」

「と、と、と、というと、仇といっしょにおったのか。よもや、夫婦というのはッ」

「石塚源太夫さまと沢井多津どのは、ご夫婦になられてもう十年の余になられます」

老人はよろめいた。衝撃が大きすぎて言葉を失っている。

「大丈夫ですか」

珠世は老人の腕に手をそえた。

「と、とん、とんでもないことだッ」

「あら、どうしてですか」

「どうして？　それは……それは仇討を、果し合いを、するはずだったのだから……」

「仇討とは、怨念《おんねん》を雪《そそ》ぎ、その焔《ほのお》を消すための手段ではありませんか。でしたら夫婦になって怨念を消すことも、ひとつの方法でしょう」

「方法？　さような方法があるか、そんな馬鹿《ばか》げたことが……許されるとは……」

「馬鹿げたことでしょうか。無為な果し合いをするより、わたくしはよほど意義があるとおもいます。仇討ではどちらかの命が失われるやもしれませんが、夫婦になれば、かわりに新たな命を生み出すことだってできるのですから」

　老人はなおもなにかいおうとして両手を泳がせたが、結局なにもいわなかった。ただ、じっと珠世の顔を見つめている。珠世の次の言葉を、半分は怖《おそ》れるように、あとの半分は心ならずも期待するように、そんな複雑な表情が見え隠れしていた。

　珠世は枯れ枝のような腕をやさしく撫《な》でる。

「そう。多門どのは、お二人のお子です」

　老人の眼が飛び出しそうなほど見開かれたかとおもうや、への字に曲げた口から深い深い吐息がもれた。

「ということは、多門どのは、天狗坂先生とも血縁になるのではありませんか。多津どのがいっておられたそうです。腕はたしかなのに変人のために親戚中からつまはじきにされている大叔父がいて――というのも庶子で末子、余計者だと勝手に僻《ひが》んでいたらしいのですが――その大叔父に一度、勝負を挑まれたことがあったとか……」

四

駒場野《こまばの》へつづく道は四方の若葉に朝もやがうっすらとかかって、夏がすぐそこまで来ているとはおもえないほどの清々《すがすが》しさだった。が、源次郎は最悪の気分だ。この二日、家へ帰っていない。象山塾で知り合った仲間の住まいを転々として、議論を戦わせ怒りをぶつけ合って最後は酒……という夜をすごしていたからだ。

正直なところ源次郎は、自分がどういう立場にあり、どう考えればよいのか、よくわからなかった。象山先生が捕縛されたのは不当だとおもう。先生の無尽蔵な知恵と知識、探求心、開明的な考え、実行力、すべてに啓発されていた。けれど、密航しようとした長州藩士については、軽はずみだとおもえなくもない。今は異国から国を守るべき時なのだから。勝手なことをして咎《とが》められるのは当然だともおもう。

要するに、大名家の下屋敷で平穏に暮らしてきた——朝から晩まで剣術の稽古だけに明け暮れてきた——源次郎には、世の中の趨勢《すうせい》を見きわめるだけの広い視野がなかった。それが自分でもわかっているから悔しいし、腹立たしい。唾《つば》を飛ばし目をぎらつかせて持論を語る連中にはどうしてもなじめず、みじめな気持ちで退散して試衛館の片隅で眠りこけていたところを、勝太に叩《たた》き起こされた。

「駒場野へ行くぞ」

「駒場野？　なにをしに？」

「鷹狩だ」

どういうことか皆目わからぬままに引ったてられて、まだ薄暗いうちに出立《しゅったつ》した。眠い眼をこすりながら勝太のあとをついて行く。

勝太は道々、話しかけようともしなかった。もとより口数の少ない男だが、なにを考えているのか、それともなにも考えていないのか、ただ黙々と歩を進めている。駒場野へ入る手前、井伊《いい》家下屋敷のあたりまで来て、源次郎はとうとう耐えられなくなった。

「なんで……どうして急に、鷹狩へ行くことになったのですか」

鷹狩といってもなんの準備もしていない。着の身着のままである。

「あ、もしや、矢島家からなにか……」

勝太はふりむいた。

「うむ。おぬしが矢島家へ送りとどけた老人、あの御仁に見物させてやることになったそうだ。といっても通常の鷹狩ではない。今は異国に目がいっていて鷹狩どころではないのだが、鷹や鷹匠は訓練を怠れぬ。そのための、内々のものらしい」

「天狗老人が鷹狩を見物したいといったのですか」

「いったかどうかは知らぬが、おぬしの家族も呼ばれておるそうな」

源次郎はおどろいて足を止めた。

「家族……父や母も一緒なのですか」

「おぬしら一家は、ご嫡男《ちゃくなん》を残して小田原へ帰るそうだの。だからではないか。ずいぶん昔のことではあるが、御鳥見役の矢島家はおぬしの両親に助けてもろうたことがあるらしい。見物するだけなら許すと、上役の許可も得ておるそうだ」

勝太はそれに便乗しようというのか。

源次郎は険しい顔になった。

「そういうことならおれは行かん」

「駒場野へは行きとうないと？」

「駒場野も小田原も、行くつもりはありません」

もう一歩も、進む気力はなくなっていた。きびすを返そうとすると、「待て」と勝太に呼び止められた。

勝太はつかつかと歩みより、源次郎の真正面に立つ。

「小田原へ行けば、お父上が石塚家のご当主になられる。そのあとはおぬしが家督を継ぐことになるのだぞ。その、どこが不満なのだ？」

「そんなもの、どうだってかまいません。ちっぽけな家名と微々たる禄《ろく》を得るためにあくせくするなどちゃんちゃら……」

いい終わらぬうちに拳固《げんこ》が飛んできた。左の頰から顎《あご》にかけて痛烈な一撃を食らって源次郎はよろめき、その拍子に小石でも踏んだか、道端に倒れこんでしまった。

驚愕《きょうがく》して声も出せない源次郎を、勝太は憤然と見下ろしている。

「おれは、おれたちは、どうあがいても武士にはなれん。ちっぽけだろうが微々たる禄だろうが武士は武士、百姓の倅《せがれ》は百姓のままだ。だから、武士より強くなろうと、死に物狂いで腕を磨いてきた。それを、おぬしは……」

これほど激怒している勝太を、源次郎は見たことがなかった。燃えたぎるような双眸を息をあえがせて見返すばかりだ。

「もうよい。いやなら来るな。試衛館への出入りも禁ずる」

勝太は一人で行こうとしている。

源次郎はわれに返った。

「お待ちくださいッ。お許しくださいッ。心にもないことを申しました」

後悔がこみ上げ、羞恥《しゅうち》で全身がふるえた。自分の口をひっぱがしてやりたい。地べたへ両手をつき、額をすりつける。

「本心ではありません。異母弟が……継母の子が家督を継ぐほうが……おれなどいないほうが……身を退《ひ》けば父も母も喜ぶのではないかと……おれは……おれは……」

源次郎は泣いていた。

ややあって、勝太は背を向けた。

「涙を拭《ふ》け。みっともないぞ」


朝陽きらめく駒場野の一角に五十人ほどの男たちが整列していた。采配《さいはい》をふる鳥見組頭や鷹匠頭、鷹匠や鷹匠同心、鳥見役、餌指《えさし》、多数の勢子《せこ》たちで、鷹匠の腕では名匠の手でつくられたかとおもうほど見事な鷹が出番を待ちかまえている。勢子の十数人は竹の棒を、別の十数人は犬の手綱《たづな》をつかんでいた。

天狗老人、源太夫、源次郎、勝太、多門、それに恵以と多津は、近くの草むらで身を寄せ合い、息をつめて鷹狩の始まりを待っている。一行をこの見物席へ案内したのは、鷹匠のあいだを駆けまわっている久太郎ではなく相棒の石川幸三郎《こうざぶろう》だが、幸三郎は恵以の姿を認めるや安心して狩場へもどってしまった。恵以は鷹匠の娘、大海に帰された魚のように潑剌《はつらつ》としている。

「あ、動いた」

「しッ」恵以は多門に目くばせをした。「足音に気をつけて」

隊列がゆっくり前進するのに合わせて、一行も慎重に距離を置いたままあとを追いかける。勢子たちはすでに先へ行き、風下から風上へ「ホーリャ」「ホーリャ」という声を掛け合いながら草むらにひそむ獲物を追い立てていた。獲物は鶉《うずら》だ。

犬が吠《ほ》える。草原がざわめく。隊列が止まった。行き場を失い草むらから飛び立った数羽の鶉をめがけて、鷹たちが一直線に飛翔《ひしょう》する。鷹の尾につけた鈴の澄んだ音色が張りつめた空にちりちりと響く。

空中で鷹が鶉を捕えた。「鳥結ぶ」――生と死の邂逅《かいこう》は荘厳《そうごん》にして物悲しい。

おう……と感嘆のあまり、老人の口から押し殺した声がもれた。あッと多門が目をみはる。源次郎は瞬《まばた》きもせずに見つめている。

老人は、型や心技も時にはよいものだ、とおもった。腹立たしいことは山ほどあるが、皆が心を合わせて事を為《な》すことも、人情や礼節や、それから武士の一分でさえ、時と場合によっては必要かもしれぬ……と。

源次郎は、勝太にいわれたとおりだとおもった。自分は、追いつめ追いつめられて、なにかを為したことがあるか。ぶつかる前に逃げることばかり考えていたのではないか。

源太夫は、おもわず多津の手をにぎりしめていた。十五年前のあのとき、二人は鷹と鶉だった。どちらがどちらになるかは闘ってみなければわからないが、たしかに、二人は命のやりとりをするところだったのだ。寸前でおもい止《とど》まり、一瞬から永遠へ、夫婦となって結ばれたのは千に、いや万にひとつの幸運といえるだろう。

そう、これからも──。

源太夫の目を見て、多津もうなずく。

ホーリャ、ホーリャ、ホーリャ……。

「さぁ、移動しますよ」

恵以が片手をふり上げた。

五

人騒がせな天狗《てんぐ》老人は小田原へ帰っていった。

源太郎の祝言《しゅうげん》がつつがなく執り行われたのは四月末、梅雨前の爽《さわ》やかな初夏の一日である。

源太夫はいったん隠居の身となった。小田原へ帰り、実家の石塚家の家督を継いだのちは大久保家に仕える。もちろん、多津、雪、源次郎、そして多門も同行する。

沙耶は号泣した。

小田原がどこにあるのか、行ってしまうとはどういうことか、四歳ではわからないものの、多門にもう遊んでもらえなくなると聞いて悲しくなったのだ。

「大丈夫だよ。大人になったら矢島家へ来てあげるから。御鳥見役になるんだ」

多門は慰めた。伴之助のような婿養子《むこようし》になるという。

大人たちは笑った。あの見物以来、多門はすっかり鷹狩に魅せられてしまい、ホーリャホーリャと勢子の真似《まね》をしたり、鷹を探しまわったりしている。八歳ではまだ勢子と鷹匠の区別さえあやふやだ。

けれど、珠世だけは大真面目《おおまじめ》だった。

「待っていますよ、沙耶と首を長くして。そのとき鷹狩ができる世の中であるよう、鬼子母神にお参りをしておきます」

異国の脅威が迫っていた。珠世自身は脅威とはおもわないが、世の中が浮足立っていることは事実だった。五年後十年後二十年後にどうなっているか、将軍家の大鷹狩が行われ、御鳥見役が御鳥見役でいられるかどうかはわからない。

それでも多門が口にした約束は、叶う叶わぬにかかわらず、珠世の胸に小さな灯をともしてくれた。もしそんな日が来たら、多門の名づけ親である亡き父、久右衛門もどんなに喜ぶか。えくぼを絶やさず、柔和な笑みを浮かべていても、目の前に迫った別れの寂しさに珠世は胸をふさがれている。

梅雨明けの一日、珠世は源太夫と二人、下雑司ケ谷の大通りへつづく道を歩いていた。清土村の畦道《あぜみち》へ曲りこめば、弦巻川《つるまきがわ》の土手へ出る。

太陽が西へ傾きはじめた時刻だ。川面《かわも》には木立の影が映りこんでいた。ゆるやかな流れにのって、魚影が日向《ひなた》と日陰をせわしなく移動している。

「いろいろありました……などというと、年寄りの繰り言とおもわれましょうが……」

「いや、いろいろあって、ようござった。そうはおもえぬときもあったが、珠世どのはそのたびにおもいださせてくれた、禍福《かふく》はあざなえる縄だ、と。それゆえ、福が来るまで待とうとおもうことができた」

あらためて礼をいわれて、珠世は首を横にふる。

「わたくしこそ、源太夫さまや多津どのがいてくださって、どんなに心強かったか」

「それはこちらのいうことだ。矢島家に珠世どのがいる。そうおもうだけで難題が難題でのうなった。これからそのえくぼが見られぬようになるとおもうと……」

「わたくしも寂しゅうございます。お汁粉も粽《ちまき》も、先を争うてたいらげてくださる方々がいなくなるのですから」

「源太郎が嫁をつれて訪ねるといっていた。里《さと》も秋《あき》も……」

「ええ。ご心配には及びません。矢島家はいつも千客万来、こちらが笑顔でいなければ、福はやって来ませんもの」

「さようさよう。そのえくぼ、そのえくぼ……」

二人は声を合わせて笑う。

笑い声に誘われたか、数々の思い出が色とりどりの泡になって、きらきらと川面に浮かび上がる。二人の目は、たしかに、幻を見ていた。

板塀に目をやって、恵以は凍りついた。

晒台《さらしだい》の生首よろしく、男の顔がのぞいている。無精ひげを生やして月代《さかやき》も伸びきっているところを見ると浪人者らしい。あわてて体の位置を変え、眠っている沙耶を男の目から隠そうとしたのは、近ごろ異国船騒ぎに乗じて物騒な輩《やから》が増えているせいだ。

瘦《や》せて目ばかりがぎらついた男だ。

男も目をみはった。首をかしげている。

二人は黙ったまま、しばし互いの目を見つめ合った。すると不思議なことに、すーっと恐怖が薄れた。

恵以は今一度、男の顔を観察した。恐ろしげに見えた顔が、よくよく見ると愛嬌《あいきょう》のある顔に見えてくる。目許《めもと》は明るく口許はやさしく、敵意は微塵《みじん》もなさそうな……。

恵以の視線が和らいだのを見て、男はニッと笑った。笑うとますます童子のような邪気のない顔になる。

「どちらさまですか」

沙耶を起こさないように、恵以は小声で訊《たず》ねた。

「勝又三郎左衛門《かつまたさぶろうざえもん》にござる」

「なにか、ご用でしょうか」

「あ、いや……」男は一瞬口ごもり、奥を透かし見るような仕草をした。「ええと、矢島珠世さまという女性《にょしょう》がここにおられると……」

「姑《はは》は出かけております」

「姑ッ。なるほど」

「しッ。子供が寝ております。どうぞ玄関へおまわりください」

恵以は沙耶が熟睡しているのをたしかめた上で、玄関へ出て行った。

勝又はちょうど自分の体がすっぽりはまるくらいに玄関の戸を開け、その外で直立不動のまま待っていた。恵以が出てゆくと、直角に辞儀をする。

「姑のお知り合いなのですね」

「いやいや、会うたことはないのだが、その……ある御仁に教えていただき……」

「ある御仁とは？」

「大久保家のご家臣、石塚源太夫さまと申されるお人にて。実は当方、川越の縁者を訪ねるところなれど、江戸には不案内、このありさまでたどり着けるかと案じておったところ、万が一、困ったことがあったら元お鳥見女房の矢島珠世さまにおすがりせよ、と」

源太夫一家とは小田原へつづく道中、旅籠の入口で出会った。銭が足りなくて往生していたところを助けてもらった。初対面ながらも思いやりのある一家だったので、つい昨年の地震以来の窮状を訴えた。家族が寝てから源太夫と二人、酒を酌《く》み交わしているときに、珠世の話が出たという。

源太夫さまったら——。

恵以は苦笑した。源太夫は勝又に昔の自分を重ね、放っておけなくなったのだろう。気持ちはわかるが、なんでもかでも珠世の名を出すのは迷惑至極。だったら、どうする？　珠世が留守なのだから、ひきとってもらったほうがよいと恵以はおもった。が、すぐに、もしここに珠世がいたらどうするか、と考えなおした。

答えはひとつ。

「わかりました。外でお待ちいただくのもなんですから、さ、どうぞ、中へお上がりください」

「おう、助かった。もともと腰を痛めておったゆえ、とうとう歩くのが難儀になってしもうてのう……」

恵以はおもわず勝又の全身を眺めまわした。どこも痛むようには見えない。

「あのう、具合がおわるいのは……」

ちらりといやな予感が頭をかすめた。

勝又は満面の笑みを浮かべる。

「通りの角に待たせておるのだ。老母と子供らが三人。子供の一人もぐずっておってのう。助かった助かった。やはり源太夫さまのいわれたとおり。珠世さまの嫁御《よめご》だけある」

勝又は躍り跳ねるように出て行ってしまった。

千客万来——。

あっけにとられて細く開いたままの戸口を見つめていた恵以は、はっと目をしばたたく。それから、キュッとえくぼをきざんで、はじかれたように笑いだした。

あとがき

小説新潮で「お鳥見女房」シリーズが始まったのは今からちょうど二十年前、一九九九年の十二月でした。まだデビュー間もないころのことで、連作シリーズを書かせてもらえることにわくわくしつつも、どんなものを書いたらよいかと悩みました。同じ時期にもうひとつ、捕物帳が始まることになっていたので、こちらでは家族をテーマにしたいと思ったのですが、江戸長屋の人情模様はこれまでにも数多く書かれています。加えて会社員の家庭で育った私は、商いのやりとりがどうも苦手で……。

というわけで、下級武士一家の日常の暮らしをモチーフにした連作を書くことにしました。そのとき真っ先に眼裏《まなうら》に浮かんだのが池波正太郎さんの「剣客商売」の印象的なシーンです。それは自然豊かな江戸市中と郊外とを小舟で行き来する光景。江戸はいたるところに川が流れていました。田畑があり森があり坂があり、そして寺社があって人々の暮らしを見守っていました。思えば私の実家も静岡市内の駅に近い住宅地にありましたが、家の裏手には小さな山と公園、山腹にはお寺があって大晦日《おおみそか》には鐘を撞《つ》き、元旦《がんたん》には初詣《はつもうで》に行き……亡《な》き父とはよく山へ登りましたし、また近所の子供たちとは彼岸花の咲く土手や洞《ほら》のある大木のまわりで駆けまわって遊んだものです。都会では失われつつある四季に彩《いろど》られた暮らし——皆さんの中にもきっとある思い出——の一端を誌面で再現できたら……そう願って選んだのが江戸の郊外、雑司《ぞうし》ケ谷《や》という舞台と御鳥見役《おとりみやく》一家という設定でした。御鳥見役は御鷹狩《おたかがり》の準備に奔走する、あまり知られていない役目ですが、裏では各地の情勢や諸家の内情を探るという密偵まがいの任務も課されていました。一見ありふれた平穏な一家も、お役目ゆえの様々な事件に翻弄《ほんろう》されます。

さて、一家を支える要《かなめ》は、なんといってもお鳥見女房の珠世《たまよ》さんです。家を守り、家族を愛《いつく》しみ、来る者は拒まず去る者は追わず、いつもえくぼを浮かべて両手を差し伸べてくれる珠世さんは私の理想の女性です。珠世さんは「禍福《かふく》はあざなえる縄」だということを肝《きも》に銘じています。ですから他人の幸福を羨《うらや》まないし、自分の不運を嘆かない。珠世さんのように生きたいと思いながら、私は欠点だらけでとてもそんなふうにはいきません。ですから行き詰ると、決まって珠世さんに会いたくなるのです。本小説を書きながら自分自身が癒《いや》される、というのは本当にふしぎな経験でした。本書は私にとって「いつもそこへ帰りたいと夢みている故郷」のような存在。そんなわけで、この二十年、折あるたびに「お鳥見女房」の世界へ戻り、珠世さんや登場人物たちに再会して元気をもらい、また次の作品にとりかかるという贅沢《ぜいたく》なマイペースをつづけさせていただきました。

でも珠世さんもさすがに齢《よわい》を重ねました。前作で区切りをつけて、今度は恵以《えい》さんにバトンタッチを……などと思っていたのですが、どうしてもその前に書いておきたいことがありました。もちろん珠世さんと源太夫《げんだゆう》一家のその後、そして時代の大きな流れです。長閑《のどか》な時代から激動の維新へ……同じところに留まることのできない寂しさは切実で胸が痛みますが、別れの季節はまた、出会いの季節でもあります。自らの手で「珠世さんのお鳥見女房」を締めくくることができて、今はほっとしているというのが実感です。

心温まる挿絵でずっと併走して下さった深井国《くに》さんに心からの御礼を申し上げたいと思います。国さんの絵がなければ、このシリーズがこんなにつづくことはなかったでしょう。そしてこの場を借りて、川野黎子《れいこ》さん、佐藤誠一郎さん、田中範央さん、小林加津子さん、北村暁子さん、長谷川麻由さん他、長い年月、本作を生み育て、気長に見守って下さった新潮社の皆さんにも謝辞を表します。

なにより本作を愛読して下さった皆さま、ありがとうございました。

令和元年十月晦日

諸田玲子

解説

神田蘭

今年の初め、新潮社の長谷川さんから、

「諸田玲子さんの『別れの季節　お鳥見女房』の文庫化にあたり、是非とも神田様に解説を書いて頂きたい（中略）諸田先生も同じ気持ちでいらっしゃる」と突然の問い合せメール!!

まっまっまじか!!　大好きな諸田先生の小説に解説を書くって凄《すご》いことじゃん!!　めっちゃ嬉《うれ》しい!!　……でも……私でいいの？　だって私、文芸評論家でもなけりゃ、作家でもない、見てきたような嘘《うそ》をいかにももっともらしく語っているペテン師のような芸人・講談師なのだから……。

約2年前、コロナ禍が始まる直前でした。産経新聞に単行本『別れの季節　お鳥見女房』の書評を書かせて頂きました。それを長谷川さんが読んで下さって、私の諸田作品への愛を感じてくれてこのような運びとなったのです。言っときます、日頃いかに嘘をうまく話すかを業《なりわい》としておりますが、諸田作品愛については嘘、偽りございません。

もう少し私の諸田作品愛についてお付き合い下さい。

私が先生の作品に初めて出会ったのは10数年前のこと、『奸婦《かんぷ》にあらず』でした。奸婦という言葉と表紙の色っぽさに惹《ひ》かれて買いました。それまで私が読んでいた作家さんは山本周五郎、池波正太郎、司馬遼太郎、遠藤周作といった、もうこの世にいない大作家先生のものばかり。今の作家さんてどうなの？　女流作家の作品ってどうもねぇ〜と思ってたのです……。先生すみません……ペコリ。

ところがです、この作品は、幕末に大老、井伊直弼《なおすけ》の女で密偵として働いた村山たかの人生を描いたものなのですが、読み始めたら時間の経《た》つのも忘れ、一気に読み終えてしまったのです。リズム感あふれる文章、無駄のない表現、的確な描写、ワクワクする展開、そして何より登場人物がイキイキとそこに生きている!!　こんな素晴らしい作品を書く女流作家さんがいたんだー!!　それ以来、私は先生のファンとなり他の作品も読むようになったのでした。

そうこうするうち無謀にも私は、先生の作品を講談にして語りたいと思うようになり、図々しくも先生に「短編集『昔日《せきじつ》より』に収められている「新天地」という作品、とても感動しました。講談にして語らせて頂けませんでしょうか？」と乱文乱筆のダメ元の手紙を送ったのです。私は字も汚いので熱意だけが頼り……何でもやらなきゃわかんない全てはダメ元ダメ元よっと自分の気持ちを励ましていたある日、一通の手紙が……差し出し人の名は諸田玲子!! マジでマジでー!!! 憧《あこが》れの先生から直々のお手紙を頂けるなんてー!!! 嬉しさと驚きと興奮の中、恐る恐る封筒を開けてみると、味のある優し気な美しい文字で「私の作品をどうぞ語って下さい」と書かれていたのです!!!

「新天地」は、江戸という新天地にやってきた息子と親父の物語で、講談調にし生演奏とのコラボでレヴュー講談として発表させて頂きました。お客様から「素晴らしかった！」「感動したよー」と上々の評判。先生が編み出して下さった物語の力ゆえです。

そして、先生がお忙しい中公演を観《み》に来て下さって、終演後、初めて私の目の前に「諸田です」と現れた時のことを今でも鮮明に覚えています。

「諸田先生……なんか妖艶《ようえん》、かっこいいし、おシャレ〜、このお年でこの美しさ、やっぱり普通じゃないわぁ」が第一印象。そしてそのお声がなんとも優しいのです。バリバリ話す私と正反対、包みこんでくれるような穏やかな響きなのです。先生の声を思い出し、お鳥見女房の主人公・珠世さんって先生のような声や話し方なのではないかなぁとふと思いました。

と、いよいよ本題。今回の「別れの季節」はシリーズ7作の後の完結編といったところ。

代々お鳥見役を務める矢島家。お鳥見とは将軍家の鷹《たか》狩りの準備をするお役目、と同時に裏では密偵のような仕事もする、その矢島家の妻女珠世さんが主人公。

舞台は幕末、鎖国をし200年以上も続いた天下太平の江戸の世に突如異国から黒船がやってくる。日本中が物情騒然だ。そこで幕府は川越藩、忍《おし》藩、彦根藩、会津藩などの諸藩に江戸湾の警備を命じ海防に力を注いでいたのです。

なんだか現在の日本の情況と少し似ているではないか……第二次世界大戦の敗戦から77年、戦後の驚異的復興から高度経済成長、そしてバブル崩壊、リーマンショックと激動ではありましたが、先人達が築いてくれた平和のカサの下、平々凡々と国の行く末など考えることなく生きてきました。ところが約2年前におこったコロナ禍をはじめ、隣国の中国船が毎日のように尖閣諸島を航行し、ロシアがウクライナを侵略し戦争に、その流れでロシアは北海道を攻めてくるのではないかとの懸念《けねん》も……。ただ、現在の政府が海防空防に力を入れているのかははなはだ疑問です……。

物語の登場人物達は、これからの日本はどうなって行くのか皆不安にかられながらも、それぞれの人生にもいろんなことが起こる訳で、本作でそれぞれの岐路に立たされるのです。もちろん珠世さんも。幕末という日本の歴史の中でも最も大きな転換期を先生はこう書きます。「だれもが己自身と向き合わなければならないときなのだろう」と。

第三話「黒船」のなかで、日頃から剣術に精を出している源次郎という若者が、黒船来航で世の中や周りの人達がにわかに動き出している中、泣きながら珠世さんに胸のうちを吐き出すシーンがあります。

「それがしは、自分が、いやになりました（中略）黒船を見に飛んで行ってもただの野次馬で、なんの危機感も抱かなかったことも、象山塾で議論をしている同年輩の侍たちがなにを話しているか、それさえわからず、兵学にも蘭学《らんがく》にも疎《うと》い自分、これまで他人任せで、世の中のことなどなにも考えようとしなかったそんな自分も……」

それに対し珠世は、

「源次郎どの。源次郎どのはたった今、黒船を目にしたのです。だれもが黒船みたいな一大事に出会うときが来るものです。そしてすべてはそこからはじまる、そう、これからどうするかが大事だとわたくしはおもうのですよ」と。源次郎は聞きます。

「それがしは、なにを、守ればよいのでしょう？」すると珠世さんはえくぼを浮かべて、

「それは、わたくしにたずねなくてもわかるときが来ますよ。源次郎どのがなによりも、自分の命をかけてでも守りたいと願うもの……それはね、自《おの》ずとわかるときが来るはずです」

不穏な世界情勢の中、平和ボケ日本の中で呑気《のんき》に生きている私達!?にもグサリとさせる言葉である。

三河万歳《まんざい》の乙吉は、藤助の言葉を借りて言います。

「この世で、矢島家の奥さまほど、ほこほこと温かくて、おそばにいるだけで安心できるお人はいない、しかもふしぎなのは、どんな人もそうおもうってことだ……」

この描写の通り、そんな不穏な世にあっても、矢島家の要である珠世は慌てふためくことなく物事を受け止め、どっしりと、優しい笑みにエクボを浮かべそこに居てくれる。だから誰もが珠世を頼ってくる。いや、会いにくる、いや、なぜか珠世さんに縁づくのである。無条件に受け入れてくれるからだ。まるで、聖母マリアか観音様のように。諸田先生は単行本のあとがきにこう書いています。

『珠世さんは私の理想の女性です。珠世さんは『禍福《かふく》はあざなえる縄』だということ

を肝《きも》に銘じています。ですから他人の幸福を羨《うらや》まないし、自分の不運を嘆かない。珠世さんのように生きたいと思いながら（中略）そんなふうにはいきません。ですから行き詰ると、決まって珠世さんに会いたくなるのです」と。実人生で珠世さんみたいな人に会ったことはありません。そうそう居ないでしょう。だからこそお鳥見女房・珠世さんを生み出して下さったことに感謝をしたい。

他の登場人物同様に、私もまた珠世さんに触れると、不甲斐ない自分でも何とか前を向いて生きていけそうな気持ちになるのだから。

諸田先生の作品は、あなたはそれで大丈夫なのよとそっと抱きしめてくれるような優しい嘘をついてくれるのです。そして刹那《せつな》の夢を見させてくれるのです。実は諸田先生って、珠世さんみたいな人なのではないかしらっ!!

実人生は厳しい、これからの世がどうなるのかもわからない。だからこそ先生が創《つく》り出す素敵な夢をたくさんみせて下さい。一ファンとしてこれからも楽しみにしています。

（令和四年四月、講談師）

この作品は二〇一九年十一月新潮社より刊行された。

諸田玲子著　お鳥見女房

幕府の密偵お鳥見役の留守宅を切り盛りする女房・珠世。そのやわらかな笑顔と大家族の情愛にこころ安らぐ、人気シリーズ第一作。

有吉佐和子著　華岡青洲の妻
女流文学賞受賞

世界最初の麻酔による外科手術――人体実験に進んで身を捧げる嫁姑のすさまじい愛の葛藤……江戸時代の世界的外科医の生涯を描く。

浅田次郎著　赤猫異聞

三人共に戻れば無罪、一人でも逃げれば全員死罪の条件で、火の手の迫る牢屋敷から解き放ちとなった訳ありの重罪人。傑作時代長編。

梓澤　要著　捨ててこそ　空也

財も欲も、己さえ捨てて生きる。天皇の血筋を捨て、市井の人々のために祈った空也。波乱の生涯に仏教の核心が熱く息づく歴史小説。

朝井まかて著　眩《くらら》
中山義秀文学賞受賞

北斎の娘にして光と影を操る天才絵師、応為。父の病や叶わぬ恋に翻弄されながら、絵一筋に捧げた生を力強く描く、傑作時代小説。

飯嶋和一著　星夜航行（上・下）
舟橋聖一文学賞受賞

嫡男を疎んじた家康、明国征服の妄執に囚われた秀吉。時代の荒波に翻弄されながらも、高潔に生きた甚五郎の運命を描く歴史巨編。

宇江佐真理著　深川にゃんにゃん横丁

長屋が並ぶ、お江戸深川にゃんにゃん横丁で繰り広げられる出会いと別れ。下町の人情と愛らしい猫が魅力の心温まる時代小説。

乙川優三郎著　五年の梅
山本周五郎賞受賞

主君への諫言がもとで蟄居中の助之丞は、ある日、愛する女の不幸な境遇を耳にしたが……。人々の転機と再起を描く傑作五短篇。

大塚已愛著　鬼憑き十兵衛
日本ファンタジーノベル大賞受賞

父の仇を討つ――。復讐に燃える少年と僧形の鬼、そして謎の少女の道行きはいかに。満場一致で受賞が決まった新時代の伝奇活劇！

梶よう子著　ご破算で願いましては
―みとや・お瑛仕入帖―

お江戸の「百円均一」は、今日も今日とててんてこまい！　看板娘の妹と若旦那気質の兄のふたりが営む人情しみじみ雑貨店物語。

柏井壽著　祇園白川　小堀商店
レシピ買います

食通のオーナー・小堀のために、売れっ子芸妓を含む三人の調査員が、京都中からとびきりの料理を集めます。絶品グルメ小説集！

西條奈加著　千両かざり
―女細工師お凜―

女だてらに銀線細工の修行をしているお凜は、神田祭を前に舞い込んだ大注文に天才職人時蔵と挑む。職人の粋と人情を描く時代小説。

藤沢周平著

用心棒日月抄

故あって人を斬り脱藩、刺客に追われながらの用心棒稼業。が、巷間を騒がす赤穂浪人の動きが又八郎の請負う仕事にも深い影を……。

藤原緋沙子著

茶筅の旗

京都・宇治。古田織部を後ろ盾とする朝比奈家の養女綸は、豊臣か徳川かの決断を迫られる。誰も書かなかった御茶師を描く歴史長編。

三浦綾子著

千利休とその妻たち（上・下）

武力がすべてを支配した戦国時代、茶の湯に生涯を捧げた千利休。信仰に生きたその妻おりきとの清らかな愛を描く感動の歴史ロマン。

向田邦子著

男どき女どき

どんな平凡な人生にも、心さわぐ時がある。その一瞬の輝きを描く最後の小説四編に、珠玉のエッセイを加えたラスト・メッセージ集。

村田喜代子著

ゆうじょこう

読売文学賞受賞

妊娠、殺人、逃亡、そしてストライキ……熊本の廓に売られた海女の娘イチの目を通し、過酷な運命を逞しく生き抜く遊女たちを描く。

山本周五郎著

おさん

純真な心を持ちながら男から男へわたらずにはいられないおさん——可愛いおんなであるがゆえの宿命の哀しさを描く表題作など10編。

新潮文庫最新刊

D・キーン
角地幸男訳
正岡子規
俳句と短歌に革命をもたらし、国民的文芸の域にまで高らしめた子規。その生涯と業績を綿密に追った全日本人必読の決定的評伝。

G・ルルー
村松潔訳
オペラ座の怪人
19世紀末パリ、オペラ座。夜ごと流麗な舞台が繰り広げられるが、地下には魔物が棲んでいるのだった。世紀の名作の画期的新訳。

J・カンター
M・トゥーイー
古屋美登里訳
その名を暴け
―#MeTooに火をつけたジャーナリストたちの闘い―
ハリウッドの性虐待を告発するため、女性たちは声を上げた。ピュリッツァー賞受賞記事の内幕を記録した調査報道ノンフィクション。

L・ホワイト
矢口誠訳
気狂いピエロ
運命の女にとり憑かれ転落していく一人の男の妄執を描いた傑作犯罪ノワール。あまりに有名なゴダール監督映画の原作、本邦初訳。

茂木健一郎
恩蔵絢子訳
生きがい
―世界が驚く日本人の幸せの秘訣―
声高に自己主張せず、調和と持続可能性を重んじ、小さな喜びを慈しむ。日本人が育んできた価値観を、脳科学者が検証した日本人論。

今村翔吾著
八本目の槍
吉川英治文学新人賞受賞
直木賞作家が描く新・石田三成！　賤ケ岳七本槍だけが知っていた真の姿とは。歴史時代小説の正統を継ぐ作家による渾身の傑作。

別《わか》れの季《き》節《せつ》
―お鳥見女房―

新潮文庫　も－25－16

令和四年六月一日発行

著者　諸《もろ》田《た》玲《れい》子《こ》

発行者　佐藤隆信

発行所　株式会社 新潮社

郵便番号　一六二―八七一一
東京都新宿区矢来町七一
電話　編集部（〇三）三二六六―五四四〇
　　　読者係（〇三）三二六六―五一一一
https://www.shinchosha.co.jp

価格はカバーに表示してあります。

乱丁・落丁本は、ご面倒ですが小社読者係宛ご送付ください。送料小社負担にてお取替えいたします。

印刷・大日本印刷株式会社　製本・株式会社大進堂

ISBN978-4-10-119437-0 C0193